W0309609

Faux frères

Tome 3

Si vous souhaitez contacter Jean-Pierre Ferrère

merci d'écrire à :

ella-editions@ella-editions.com

ELLA Éditions
42, route de Chavannes,
28300 Lèves
www.ella-editions.com
Dépôt légal : octobre 2023
ISBN : 978-2-36803-614-3

Tous droits de reproduction, d'adaptation ou de traduction
strictement réservés pour tous pays.
© ELLA éditions
Illustration de couverture : Juliette Derenne (*Derji*)

Du même auteur chez Alice Lyner éditions

Félicien, chirurgien barbier (3 tomes)

Fifrelin Bonenfant (3 tomes)

Félide (6 tomes)

Fargette (3 tomes)

François la Guigne

Du même auteur chez ELLA éditions

Fabella

Faux frères T1, Fernand, mai 2023

Faux frères T2, Nitchevo, juillet 2023

Faux frères T3, Dix-sous, octobre 2023

Faux frères

Tome 3

Jean-Pierre Ferrère

Chapitre I

C'était un petit matin d'automne, que menaçait la pluie. Noël Guiguenet se posta à l'abri du porche de l'église de Rivay pour attendre la diligence qui desservait le village une fois la semaine, les mardis. Il ne tenait pas à se faire remarquer, d'abord parce qu'il était habillé en dimanche, comme un gars de la ville, mais aussi parce qu'il portait un large panier contenant un gros pain de quatre livres, des fromages, des saucissons et des pâtés, riches cadeaux destinés à sa Tante Miette, et dont la charge lui avait été imposée par l'autorité maternelle. Il n'était nullement question, en effet, d'arriver les mains vides chez celle qui l'hébergerait durant la saison froide. Le père de Noël, pour sa part, n'admettait pas l'idée qu'un jeune garçon pût fainéanter en hiver. Lui-même, dans ses jeunes années, avait couru les chemins comme porte-balle, avant de se consacrer totalement à l'agriculture avec un franc succès. Il tenait volontiers pour exemplaire l'usage qui faisait que les jeunes Savoyards descendissent se placer en ville comme ramoneurs, et jugeait que ce principe était salutaire pour son fils, mais pas au point de se salir chez les autres. Il l'envoyait donc à la fin de chaque automne chez sa sœur Miette pour s'instruire dans l'art de la ganterie. C'était bien là une démonstration de la paternelle naïveté de

Fernand Guiguenet, qui avait décidé, une bonne fois pour toutes, que son fils possédait des mains d'or, simplement parce que sa fille aînée, l'Adèle, le lui avait affirmé.

Pourtant, Noël ne se sentait pas aussi habile que son père qui, avec ses grosses mains et sans avoir l'air d'y toucher, vous montait un mur en moins de temps qu'il ne faut pour le dire, rognait impeccablement les pieds de ses chèvres et de ses moutons, et ferrait lui-même ses chevaux à la perfection. Ce père attentionné faisait régulièrement à son fils la démonstration de son savoir-faire, mais jamais ne lui mettait en main les outils, car c'étaient là des gestes d'importance qui risquaient de compromettre la bonne santé du troupeau. On confiait donc encore à Noël la garde de ces bêtes, comme à un enfant, et même dans cette paisible besogne, il devait bien reconnaître que cette garde était assurée, pour l'essentiel, par sa chienne Miss, qui semblait connaître de naissance l'heure qu'il était, le temps qu'il allait faire et le cadastre complet du pays. Lorsque la fermière sonnait de la corne pour ordonner le retour, c'était encore elle qui se chargeait de tout, et lui, le berger, n'avait qu'à suivre le mouvement. Ainsi, dans cet état de fait, toutes les conditions se voyaient réunies pour faire de Noël un parfait imbécile né sur le tard de ses parents et pour le plus grand bonheur de sa sœur Adèle. Sous la férule de cette aînée si aimante, il avait appris très tôt à lire et à écrire, traçant des lettres d'une grande élégance en lignes droites et régulières. Il dessinait aussi fort bien, au crayon ou à la plume. Portraits, paysages et même caricatures constituaient son passe-temps favori. C'était la raison qui lui valait cette réputation d'avoir des mains d'or que, selon sa sœur aînée, on ne devait pas gâter par des travaux trop pénibles. Les parents, de leur côté, observaient ses œuvres sans bien comprendre l'utilité de ce talent dans une ferme. L'œil qu'ils lançaient sur ses dessins était un regard accablé, qui paraissait se demander ce qu'on ferait de ce grand fils attardé et docile qui dessinait les bœufs mieux qu'il ne les conduisait.

À l'âge où ses amis d'enfance jouaient déjà les gros bras et faisaient état, en toute occasion, de leur force et de leur savoir-faire paysan, on ne s'adressait plus à lui que comme à un incapable bien loin de savoir mener rondement les affaires d'une exploitation agricole, et il en souffrait, surtout parce qu'il sentait que c'était là une vérité. Les filles ne refusaient pas de lui tenir la main dans les bals pour danser, mais avec un petit air narquois et attendri pour ses doigts grêles et ses paumes osseuses qui n'avaient rien de ceux d'un vrai laborieux. Sans doute ne voyaient-elles en lui qu'un grand gaillard dégingandé qui n'avait pour lui que la fortune de sa famille, fortune qu'il estimait assez mal, car sa mère se plaignait toujours du coût de la vie, ainsi que des frais que leur occasionnaient Nono et Bébert, les commis de sa ferme. L'Ursule avait aussi engagé, depuis peu, une boiteuse acariâtre pour aider à la traite et à la fromagerie, une veuve que ses enfants avaient ruinée avant de disparaître ; cette Lucette n'avait guère de mots que pour se plaindre, tout en étant une travailleuse acharnée qui acceptait de dormir avec les bêtes et ne se lavait que les dimanches, avant d'aller à la messe par les chemins creux, quel que fût le temps.

En un mot comme en cent, Noël ne voyait en lui-même qu'un âne bâté ne devant qu'à son statut de fils de famille la source de la moindre estime qu'on pouvait lui porter.

Le fils du forgeron, qui était à peine plus âgé que lui, avait déjà éclairé son foyer en attendant l'apprenti. Il faisait bien valoir ses bras épais, gros d'avoir manié le marteau depuis sa prime jeunesse. Une paire de bœufs auvergnats se présentait devant la forge dans la fraîcheur du matin. Les deux gars se saluèrent de loin d'un geste de la main. C'était là un homme qui n'avait pas de raison de se questionner sur sa présence en ce monde : forgeron, fils de forgeron et, sans doute, bientôt père de forgeron. N'empêche qu'il devait encore attendre la venue de son propre père pour l'examen des sabots des bœufs, dont dépendait tout l'art du ferrage…

La diligence arriva enfin. Par bonheur, elle était vide de passagers, car c'était à Rivay qu'elle amorçait le chemin de son retour vers Grenoble. Noël put mettre discrètement dans le coffre son grand panier et son balluchon, pour les soustraire à la vue des futurs voyageurs. On se mit bientôt en route. Par le carreau de la voiture, il pouvait voir s'éclairer la campagne, toute dorée de ses couleurs d'automne. On lui avait dit qu'il était maintenant possible, à condition d'y mettre le prix, d'acheter des crayons de couleur, et il était bien décidé à en acquérir durant son séjour grenoblois[1]. La pluie se mit à tomber, fine et douce, et bercé par les battues des chevaux, il imaginait déjà comment il pourrait rendre la magnificence des paysages qu'il voyait défiler à travers la fenêtre ruisselante. On plongea dans l'ombre du massif de la Chartreuse, ce qui fit s'allumer les somptueuses falaises du Vercors. Noël rêvait déjà. À chaque arrêt de la diligence, à chaque village noyé dans la brume, montait une femme à l'odeur forte, encombrée de ses paniers, qui le poussait sans se gêner contre la paroi de la voiture. Toutes ces matrones étaient des marchandes qui se rendaient à la ville pour y réaliser leurs ventes sur les marchés. Elles semblaient toutes se connaître et tenaient des conversations des plus convenues : les clientes se faisaient tous les jours plus pingres, achetaient les poires à la pièce et

[1] Le crayon de couleur a été inventé par Nicolas-Jacques Conté, à Paris, après que le stylomine fut inventé à Moscou par un autre Français, Emmanuel Poiré, qui le nomma karandach, ce qui signifie, en russe et encore de nos jours, crayon. De retour à Paris, ce dernier francisa le mot en : Caran d'Ache.

marchandaient sur le prix d'un saucisson ou d'un bout de gras. Au moins ces bavardes commères avaient-elles le mérite de réchauffer la cabine rien que par leur caquetage.

Du carreau de la portière, Noël admirait en rêvassant la lumière qui commençait à faire briller sur sa droite les hauteurs du Vercors, alors que la voiture roulait encore, avec ses quinquets éclairés, dans la pénombre de la Chartreuse. Il pensait à son père qui connaissait le moindre sentier, le moindre hameau de toutes ces montagnes, pour les avoir parcourus durant les années de son jeune âge, quand il n'était qu'un pauvre porte-balle. C'était bien souvent qu'il contait les périls qu'il avait dû affronter, à cette époque, en compagnie de son mulet Papillon, ne manquant pas de rajouter que jamais, au grand jamais, il ne tolérerait que son fils connût une vie aussi dure et dormît à la belle étoile en plein hiver, ce en quoi il avait sans doute raison, car Noël était dépourvu du sens de l'orientation qui fait le bon colporteur. De surcroît, en sus de cette carence, il était distrait en diable, ou du moins, était-ce ce qu'on lui reprochait régulièrement. Seule sa sœur Adèle savait rire de son étourderie qui n'était qu'apparente, car la vérité était que son attention ne se portait pas sur les actes qu'il accomplissait dans l'instant même, mais sur ceux qu'il entreprendrait le lendemain, ou encore, ce qu'il pourrait faire d'un nuage qui s'avançait vers la ferme, faisant mine de battre la charge. Son père en plaisantait, prétendant qu'il mourrait un jour pour n'avoir pas su trouver le trou de sa bouche, et sa mère soupirait en se demandant ce qu'elle pourrait faire de ce fils rêveur, qui ne savait user que de sa plume et de ses crayons. Pourtant, ce même nuage qui l'avait distrait un matin, il était capable de le reproduire le soir sur son cahier avec une exactitude telle que sa sœur Adèle le reconnaissait aussitôt, avec son ombre portée sur la campagne et les faisceaux radiés du soleil qui semblaient s'échapper de ses franges.

L'assemblée des commères avait fait chorus pour dire que cette petite pluie du matin ne durerait pas, et en effet, une fois passée Coublevie, alors qu'on attaquait la descente vers Colombe et Voreppe, près du village de Beaucroissant où se tenait la grande foire agricole d'automne, celle où les siens avaient bien manqué le perdre dans sa prime jeunesse, le ciel se décida à s'éclaircir par endroits, avec des tons de parme et de mauve. Chaque fois qu'il passait là, il se remémorait un épisode de son enfance, où il s'était perdu parmi le bétail du champ de foire, et jugeait que c'était à partir de ce jour qu'on avait cessé de lui faire confiance, prudence qu'après tout, il admettait assez bien.

Enfin, se profila au loin la porte de France qui ouvrait la ville sur la route de Vienne et de Lyon, et que l'on ne gardait plus guère que la nuit, en raison des progrès de l'artillerie. C'était, du moins, ce que lui avait expliqué son oncle Antoine Rabot, l'époux de sa Tante Miette, un petit homme rusé comme un renard qui, après une brillante carrière militaire, avait réalisé une belle fortune dans le commerce des draps.

Noël savait déjà qu'il serait bien reçu et qu'on ne lui imposerait pas d'ouvrage trop lassant. Il se faisait même une joie de retrouver les femmes et les filles de la ganterie et se demandait s'il y trouverait de nouvelles apprenties. À l'atelier, on ne lui confiait que des tâches simples, placage et étavillonnage[1], qui convenaient à la force d'une main mâle ; mais pour ce qui était de la découpe, du raffilage et de la couture, il fallait la délicatesse d'une main féminine pour les bien effectuer. Alors, après deux bonnes heures d'ouvrage, on le renvoyait chez sa Tante Miette, qui n'attendait que lui pour sortir en ville ou jouer au jacquet. Il le regrettait bien un peu, car cette noble besogne ne le dégoûtait

[1] Ces opérations consistent à étirer le cuir après l'avoir humidifié, jusqu'à un point où il ne risque plus de rétrécir, et permettent la découpe et la couture, avant la mise en place de la doublure.

nullement, mais il comprenait bien, comme son oncle Antoine le lui avait expliqué, que beaucoup de ces femmes avaient à cœur de le laisser dans l'ignorance des tâches trop particulières, car un jour viendrait, inéluctablement, où Miette céderait son commerce qui était de bon rapport. On se battrait alors pour prendre sa succession et, dans cette perspective, un neveu bien initié ferait une concurrence invincible. Cet oncle Antoine, malgré sa petite taille, tenait toujours des propos d'une grande sagesse et n'était pas dépourvu de l'autorité d'un ancien militaire, ainsi que d'une finesse d'esprit qu'il tenait, à ce qu'on disait, de son père Auguste. Ces qualités lui avaient valu de devenir un membre éminent du Parlement delphinal, où il tenait sous son autorité les affaires militaires, en tant que colonel en retraite des brigades du Dauphiné[1], qui en comportaient soixante. En tant qu'ancien colonel des armées delphinales, il avait tout naturellement autorité sur les régiments de la caserne. Dans ces conditions, les ouvrières de la ganterie ne se gênaient pas pour traverser son enceinte, et les soldats ne s'en plaignaient nullement. Depuis plusieurs années, du reste, les portes du rempart restaient ouvertes durant la journée et n'étaient plus gardées par des soldats. On parlait même de détruire ces murailles devenues inutiles.

Noël n'avait que du plaisir à attendre de son séjour grenoblois. Néanmoins, une inquiétude le chatouillait, cette année-là : le vieux collège des jésuites avait cédé, depuis quelques années, le bâtiment où on enseignait la théologie, car les élèves se faisaient rares. Le Parlement s'en était porté acquéreur, avec le projet d'en faire un lycée, où l'on dispenserait l'enseignement

[1] En ce temps, le Dauphiné, même s'il rendait hommage au fils aîné du Roy de France, avait ses autorités propres, plus encore que les autres provinces françaises. Son gouverneur, nommé par le Roy, n'avait qu'une autorité factice, car la gestion quotidienne, en particulier juridique et militaire, relevait du Parlement delphinal, structure autonome qui gardait le pouvoir de s'opposer ou non aux décisions de la royauté.

général aux petites classes, et le droit au niveau le plus élevé. Le bruit en avait couru dans toute la province, et d'autres villes, comme Gap ou Vienne, s'étaient empressées d'en faire autant. Mais Grenoble était une cité disposant d'un tribunal de haute instance. Les juges, les greffiers, les substituts et les avocats y foisonnaient. Avec l'armée, le corps juridique représentait une des principales activités de la ville.

La sœur de Noël, l'Adèle, avait été bien vite avertie de l'ouverture de ce lycée par le curé du village et par sa Tante Miette. Elle s'était empressée d'adresser une supplique aux autorités compétentes pour y faire admettre son frère durant la session d'hiver. L'appui d'Antoine Rabot, son oncle, avait été décisif pour son acceptation. Noël allait donc devoir se mettre aux études et devenir écolier, en se pliant à la discipline d'un lycée, ce qui l'inquiétait quelque peu : encore un endroit où on ne manquerait pas de lui faire reproche de son étourderie ! Cependant, l'idée d'apprendre un jour la matière juridique ne lui déplaisait pas, et il était fermement décidé à faire de son mieux.

Tandis qu'il pensait à toutes ces choses et, tout en même temps, aux ouvrières de la ganterie, la patache longeait le mur de la caserne pour s'immobiliser devant sa porte, où attendaient déjà quelques permissionnaires. Presque en face, devant la ganterie, la vieille Germaine Fayollat s'entretenait avec une jeune fille nouvelle venue à l'atelier. Noël la trouva avenante et se fit, par avance, un plaisir de faire sa connaissance, malgré sa timidité de jeune homme. Descendant de la voiture, il contourna l'attelage pour se diriger tout de go vers les causeuses, le sourire aux lèvres, tout disposé à les saluer de la façon la plus civile.

Germaine Fayollat occupait depuis toujours le poste de directrice de l'atelier. Elle avait maintenant les cheveux blancs ; elle était restée fille, et nul n'eût songé à la voir quitter la ganterie où elle avait passé sa vie de femme seule adonnée uniquement à son emploi et à la messe qu'elle entendait chaque matin. Faisant, par-là même, partie de la famille, elle avait vu naître et croître Noël, qu'elle s'obstinait à appeler « le petit », alors qu'il la dépassait, à présent, de la tête et des épaules. Il dut, encore plus que l'année précédente, se courber pour recevoir le baiser tout maternel qu'elle lui réservait à chacune de ses venues. Une fois accompli ce rituel, il se tourna vers la jeune fille pour la saluer en se montrant le plus galant possible. Elle lui répondit à voix chuchotée en baissant ses paupières et en rougissant comme il seyait à un tendron de son âge.

— Voici Ernestine, notre nouvelle apprentie, précisa Germaine. Mais dis voir un peu, petiot : n'as-tu point de bagage ?

Noël arrondit la bouche en haussant les sourcils d'une manière comique. Il l'avait oublié dans le coffre de la diligence, tout comme le grand panier de victuailles. Mais la voiture s'était déjà mise en marche. Il ne lui restait plus qu'à prendre ses jambes à son cou pour traverser la cour de la caserne et, par la rue de Bonne, atteindre la porte Jovia où les chevaux devaient boire à la fontaine avant de poursuivre leur chemin.

Pendant qu'il franchissait cette porte de la caserne, il entendit rire derrière lui Germaine et Ernestine, car c'est le lot éternel des distraits d'attirer les moqueries.

Chapitre II

Quelques jours après l'arrivée de Noël, la Tante Miette avait décidé qu'il était temps de le présenter chez le tailleur pour lui faire couper une véritable tenue d'écolier, avec une culotte noire et une redingote, qu'il porterait avec des bas, un élégant gilet chamarré et des chaussures à boucles, car le jour approchait où il devrait se présenter au lycée pour la rentrée des classes. Il avait bien tenté de lui faire valoir que son âge lui permettait, à présent, de se charger tout seul de cette commande, mais rien n'y avait fait : Tante Miette n'était pas le genre de caractère qu'on pouvait aisément dissuader, lorsqu'elle avait une idée en tête. Il eût préféré choisir lui-même sa tenue, à la mode des jeunes gens qu'il croisait dans les rues, avec un pantaleone[1] et un foulard croate noué autour du cou[2]. Au lieu de quoi, il n'échapperait pas au port des chausses et des bas blancs, qui n'étaient pas de son âge. Tout aussi bien, il eût préféré rester

[1] Pantaleone : pantalon. Signifiant littéralement : qui protège tout, car il descendait jusqu'aux chevilles, alors que la culotte, qu'on portait jusqu'alors, dépassait à peine les genoux.
[2] Ce foulard croate deviendra… la cravate !

en compagnie des ouvrières, et surtout de la jolie Ernestine, qu'il suivait dans les premiers pas de son apprentissage. Il l'initiait au dépeçage[1], et cette activité le tenait mieux que son entrée au collège. C'était une jolie personne fluette et réservée, aux sourires rares, fille d'une veuve quelque peu indigente qui se saignait aux quatre veines pour élever ses trois enfants. En raison de quoi, elle se montrait attentive et appliquée dans son apprentissage. Mais le moins qu'on pût dire, c'était qu'elle n'était pas causante. Elle n'ouvrait la bouche que lorsqu'elle avait une question à poser, ne riait jamais et restait toujours sur son quant-à-soi, avec l'air de celle qui prend les gens de haut, ou qui se gêne de tout son être. En un mot, elle ne démontrait aucune des rudes qualités des filles de la campagne qu'il côtoyait à la saison des moissons ou des fenaisons. On aurait pu la juger comme une pécore, si elle ne s'était pas montrée si assidue à l'atelier. Il en va ainsi de certaines et de certains qui poussent la timidité jusqu'au mutisme et finissent par devenir inquiétants, car n'énonçant jamais leurs pensées, on finit par croire qu'ils n'en ont aucune. On les présume alors volontiers hostiles ou méprisants.

Noël prit bientôt l'habitude de la raccompagner chez elle et, craignant de la méjuger, se donnait du mal, tout au long de la traversée de la caserne et de la rue de Bonne, entre les casernements des familles de militaires, pour proposer des sujets de conversation, sur sa Tante Miette, sur telle ou telle des ouvrières, sur ses goûts personnels pour la littérature et le dessin, mais rien n'y faisait. Au mieux, s'il se risquait à un bon mot ou à un trait d'esprit pour la faire rire, elle élevait furtivement vers lui ses yeux magnifiques, avant de retomber dans ses silences

[1] Opération qui consiste à nettoyer le cuir des petits restes de chair laissés par le tannage. C'est le préalable à toutes les opérations de ganterie.

offensants, pour lesquels il montrait une patience qu'il ne comprenait pas lui-même.

Ainsi, un après-midi, car la Tante Miette n'aimait pas à se lever tôt, on se transporta chez le sieur Jeanmougin, le tailleur de la rue Très-Cloîtres. Noël suivit docilement à l'étage, où ce maître réputé l'accueillit avec effusion, car il était bon client de l'oncle Antoine, auprès duquel il se fournissait régulièrement en draps de toutes sortes. Après que le tailleur et la gantière se furent copieusement plaints du coût de la vie et des difficultés du commerce en ces temps où la population allait s'appauvrissant, Jeanmougin toisa Noël d'un œil acéré par ses trente années d'exercice.

— En voilà, un gaillard bien bâti ! Et il n'a pas fini de grandir. Il vous mangera bientôt sur la tête. Qu'allons-nous vous tailler, jeune homme ? Un habit pour un mariage ? Pour une cérémonie ? Ou pour porter au quotidien ? Dites-moi un peu…

Il s'était adressé à Noël, mais Miette s'empressa de répondre à sa place, et la décision fut vite prise dans le sens que le jeune client redoutait. Ce traître de tailleur donna raison sans réserve à sa cliente, affirmant qu'il était bien fait pour porter le frac. Puis, tout en prenant ses mesures, il lui demanda s'il montait souvent à cheval, ce qui changerait tout, apparemment. Le jeune homme se sentait offusqué de ce choix contraire à ses goûts, mais il se pouvait que sa Tante Miette eût raison. Peut-être était-il préférable de se présenter au lycée mieux habillé que de coutume, et passer pour un riche fils de seigneur, plutôt que pour un misérable ou un homme du dernier commun.

Lorsqu'ils en eurent fini avec cette longue séance qui n'avait consisté qu'en une pénible corvée, Miette lui proposa de passer chez le barbier pour lui faire couper les cheveux, qu'il portait longs. Il refusa tout net. Alors, comme pour le consoler, elle l'emmena à la librairie du vieux monsieur Ferrari pour choisir les fournitures nécessaires à sa rentrée, car elle ne pensait pas un instant qu'il pût être refusé. Là, au moins, il put faire, sur l'invitation de sa tante, les choix sans limites de cahiers de diverses mesures, de crayons et de plumes, dont il pensait faire un usage personnel, même en cas d'échec. D'ordinaire, il réalisait ses dessins sur de grands carnets dont la couverture lui servait de pupitre, lorsqu'il s'installait, ici ou là, pour se livrer à son passe-temps favori. Pendant ce temps, Miette négociait avec le libraire des achats de livres pour Adèle, et tous deux arboraient des mines de conspirateurs. Le libraire, avec un visage tout aussi empreint de complicité, enveloppait un volume dans une grande toile de papier, avant de le nouer avec une ficelle sur laquelle il apposa un cachet de cire, puis le remit à Miette qui l'enfouit aussitôt dans son sac. Tout, en somme, pour exciter la curiosité des plus distraits, ce qui n'épargna pas Noël, lequel se questionna sur ce livre interdit, étonné de voir que ce genre d'ouvrage pût intéresser sa sœur Adèle. Mais il préféra rester coi et jouer celui qui n'avait rien vu. Il avait trop de respect pour sa tante, et se pensait certain qu'il aurait le fin mot de cette cachotterie féminine, car sa grande sœur Adèle répondait toujours à ses questions, même lorsqu'il s'agissait de sujets que ses parents refusaient d'éclaircir. Devant le comptoir, il apporta son fourniment en sortant sa bourse pour payer, mais Miette repoussa sa main. « J'ai assez pour payer ! » protesta-t-il, face au sourire bienveillant de sa tante, lequel avait de quoi désarmer le plus décidé des neveux. Une fois de plus, il dut se soumettre.

Il restait moins d'une semaine à attendre avant la rentrée des classes. Noël la passa à se casser les dents sur la froideur d'Ernestine, à traîner dans les petites rues des vieux quartiers pour trouver de quoi étrenner ses cahiers de dessin, ou donner la main à la draperie de son oncle Antoine, sans oublier l'inévitable séance d'essayage de son habit. Bref, il tourna et vira tant qu'il finit par s'ennuyer des parties de jacquet ou de piquet avec Miette et de cette oisiveté dont il n'était pas coutumier. Il en arriva même à attendre avec une certaine impatience le jour où il lui faudrait se présenter au Collège royal. Jusqu'alors, il avait envisagé cette obligation comme un fait de peu d'importance et comme un mauvais moment à passer pour satisfaire aux décisions d'Adèle, mais lorsque la veille du grand jour arriva, il avait réalisé que sombrait dans le passé l'enseignement du Curé Muguet et de sa sœur aînée qui, à eux deux, lui avaient appris presque tout ce qu'il savait. Il commençait à comprendre que c'en était fini de son enfance douillette au sein d'une famille aimante, et la crainte de n'avoir pas un niveau d'instruction suffisamment élevé pour faire honneur à sa famille se mit à l'effleurer. Il risquait d'être, encore une fois, l'incapable qui ne sait que dessiner et vit toujours avec sa tête dans les nuages. Durant les deux derniers jours, le doute s'amplifia pour devenir inquiétude, et la veille de l'examen, il ne put rien avaler de consistant et ne dormit guère de la nuit, qui lui semblait être la dernière d'un condamné. Lorsque son oncle Antoine, en chemise et bonnet de nuit, vint le secouer pour lui dire que la Tante Miette s'habillait déjà pour l'accompagner, il dut faire face à l'angoisse sournoise qui saisit ceux qui doivent être jugés pour un méfait. Il l'ignorait, mais c'était là l'état d'esprit qu'avait connu son père, nombre d'années auparavant, lorsqu'un garde était venu le saisir pour le conduire devant un tribunal qui l'avait envoyé aux galères : un mélange d'inquiétude sourde et de résignation. Il se peigna et attacha ses cheveux avec un catogan, puis revêtit son bel habit neuf pour rejoindre sa tante, qui l'attendait en bâillant, car il n'était pas son habitude de se lever si tôt. Elle s'était habillée d'une belle robe puce, avec de discrètes broderies et un col en dentelle du meilleur effet ; de jolies bottines de cuir, un chapeau à fleurs sobre et des gants de cuir d'agneau complétaient la tenue d'une dame haut placée, que son époux recouvrit d'une cape de laine doublée de soie. L'oncle Antoine flatta l'épaule de son neveu comme on fait à l'encolure d'un cheval et on se mit en route dans la fraîcheur du petit matin.

Il faisait encore sombre et le ciel, à peine garni des dernières étoiles, promettait une agréable journée d'automne. Marchant d'un bon pas, ils traversèrent la caserne où s'activaient déjà quelques soldats somnolents et quelques palefreniers qui se retournèrent sur le passage de ce couple si distingué ; puis ce fut la rue de Bonne, et bientôt la rue Neuve, bordée de grands immeubles de trois, voire quatre étages, qui conduisait au lieu du supplice. Noël se sentait moins inquiet, du simple fait de l'obligation de marcher dans ces rues presque désertes où il entendait grincer ses chaussures neuves. Les grandes maisons orgueilleuses maintenaient sur la voie une pénombre persistante et subitement, lorsqu'ils débouchèrent sur la place du Collège royal et se trouvèrent devant la grande porte de l'école qu'on avait ouverte à deux battants pour la circonstance, le jour sembla se lever subitement sur un ciel lumineux.

Près de la porte, se réchauffant aux premiers rayons du soleil, se tenait un petit homme rondouillard, portant lorgnon et perruque, muni d'un grand cahier relié de toile. C'était le censeur du collège, que les élèves surnommaient — mais Noël ne l'apprit que plus tard — monsieur Subito. Il était en charge de l'ordre et de la discipline dans l'établissement et semblait mettre du cœur dans son office, tout en s'y accordant une importance évidente. Miette, qui était connaisseuse des hommes, se dirigea droit vers lui, tenant son neveu par le bras, comme s'il se fût agi d'un infirme.

— Madame ? demanda Subito en se redressant pour avoir bon maintien devant cette jolie dame. Puis-je vous être utile ?

— Je vous amène mon neveu Noël Guiguenet, candidat à sa première rentrée. À qui dois-je m'adresser ?

— Mais à moi, Madame. Je suis tout à votre service. Voyons un peu… Guiguenet, hmmm ! Guiguenet, me dites-vous ? J'ai beau chercher dans mon livre, je ne le trouve pas.

— Êtes-vous sûr ? Cherchez encore, s'il vous plaît.

— Mais puisque je vous dis qu'il ne figure pas dans mon cahier…

Il en paraissait désolé lui-même.

— C'est mon époux, Antoine Rabot, qui s'est chargé en personne de son inscription. Vous seriez bien aimable de chercher encore.

À l'annonce de ce nom bien connu à Grenoble, les mains du censeur se mirent à trembler, tandis qu'il tournait convulsivement les pages de son livre. Pendant ce temps, Noël inspectait la foule clairsemée de la cour. C'était sans doute un ancien cloître transformé en jardin, aux coins duquel se regroupaient les élèves, par tranches d'âge ou par affinité, exprimant par ces regroupements leur noviciat ou leur ancienneté dans l'établissement. Tout naturellement, son attention se porta sur des jeunes de sa génération qui semblaient se bien connaître, mais réservaient pour ce grand dadais conduit par sa mère des regards narquois et des chuchotements probablement moqueurs. Assurément, jugea-t-il, ils se gaussaient de ses bas blancs que ne portaient plus que les vieux sots, alors qu'eux portaient des pantalons à la dernière mode. Humilié jusqu'à l'extrême, Noël leur tourna le dos et porta son attention sur le censeur qui, subitement, s'exclama :

— Je l'ai ! Le voici ! Comprenez-vous, Dame : il est sur la liste des premières rentrées, ce que je n'avais pas soupçonné, au vu de sa taille. Il vous faut donc rejoindre la file des débutants, là, sur votre gauche. Permettez que je vous conduise.

Ce fut un supplice pour Noël : tout en remerciant gracieusement cet aimable fonctionnaire, Miette l'accompagna vers une bande de gamins qui, pour la plupart, ne lui arrivaient pas à la taille et tenaient la main de leur mère ou de leur bonne, et il perçut des propos moqueurs chuchotés à son endroit, de l'autre bout de la cour.

— Vous êtes très obligeant, Monsieur le Censeur, répondit finement Miette, alors qu'il n'y avait pas bien loin à aller. Et moi, pourrai-je accompagner mon neveu lors de son examen ?

— Sans doute non, Madame. Il s'agit d'un entretien strictement particulier, mais n'ayez crainte ! Notre directeur, monsieur Bouchet-Mallard, est un homme juste et bienveillant.

Noël saisit alors l'occasion qui se présentait de ne pas avoir plus encore l'air d'un demeuré qui doit attendre comme un enfant dans les jupes de sa mère. Se penchant sur elle, il lui glissa à l'oreille :

— Tu devrais rentrer, Tante Miette. Tu risques de prendre froid. Il ne te sert à rien de rester, et je saurai bien me présenter tout seul. Ce directeur ne me mangera pas.

Miette avait l'esprit assez subtil pour comprendre ce que sa présence impliquait pour son grand dadais de neveu. Mais, n'ayant pas eu d'enfant elle-même, elle se sentait bien de se trouver parmi les autres matrones, comme si elle était la digne mère de ce beau et grand jeune homme qu'elle avait vu naître et dont elle était la marraine. Elle s'était attachée à lui comme à un fils.

— Je crains que tu n'aies raison, mon filleul. Et je suis certaine de ton succès. Tu ne nous couvriras pas de honte, comme tes cousins. Tu vas même l'éblouir, ce directeur.

Les cousins auxquels elle faisait allusion, c'étaient Maxime-Albert et Louis-Auguste Charpentier, les fils d'Hortense, sœur délaissée de l'oncle Antoine. Depuis le décès de leur grand-père, le vieil Auguste, leur mère et leur grand-mère vivaient ensemble une austère existence qu'elles consacraient à la piété et à la médisance acharnée. Envieuses de tout et de tout le monde, elles ne s'occupaient pas mieux de ces deux jeunes hommes qu'elles ne l'avaient fait depuis leur naissance, comptant sans doute sur le Bon Dieu pour réparer les dégâts produits par leur éducation inconséquente. Fainéants, dissimulés, vicieux et malhonnêtes à l'occasion, ils couraient d'échec en échec, et bien évidemment, la famille incriminait l'atavisme d'être la cause de ces mauvais penchants, car leur père, Louis-Armand Charpentier, avait disparu, au moment du scandale de John Law, avec l'argent de la famille. Ils ne témoignaient une once de respect que pour leur oncle Antoine qui, par esprit de famille, leur réservait un emploi sans importance dans son commerce de draps et toiles. Leur unique qualité, disait leur oncle, était de se montrer de première force au jeu de trou-madame qui était leur préoccupation de choix les jours de pluie, car elle ne demandait aucun effort intellectuel. Depuis quelques années il avait renoncé à leur botter le derrière, car ils étaient devenus trop grands. Lucifer en personne, en effet, avait dû intervenir pour en faire deux petits chenapans suffisamment plaisants pour faire les jolis cœurs chez les filles pauvres de la ville.

Le jeu de trou-madame

Le soleil finissait de se lever, et une certaine tiédeur envahissait la cour. Les grands élèves disparurent bientôt dans le bâtiment d'en face et Noël se sentit mieux. Devant lui, dans la file d'attente, se tenait une demi-douzaine d'enfants manifestement peu rassurés et dont la plupart agrippaient le bras de leurs mères, tout aussi inquiètes que leur progéniture. À un rythme régulier, un homme distingué, portant une chaîne en or sur son gilet de soie, venait appeler l'une de ces femmes qui, peu après, ressortait le sourire aux lèvres ou la larme à l'œil, selon les cas. La rosée semblait vouloir sécher sur les rares plantes du jardin et sur la pelouse parsemée des derniers colchiques. Noël rentra peu à peu en lui-même, se disant qu'il se trouvait, dans cette rangée de candidats au savoir, des portraits intéressants de ce que la bourgeoisie grenobloise pouvait offrir à l'œil d'un artiste. L'envie lui venait de passer le temps en les croquant. Au début, il jugea que les circonstances étaient mal choisies pour dessiner. Puis, l'attente se faisant interminable, il ouvrit un de ses cahiers neufs pour réaliser quelques esquisses de ces visages d'enfants et de leurs accompagnatrices. Il s'adossa au mur, et bientôt, se laissa glisser pour finir accroupi afin d'œuvrer plus confortablement, se perdant dans ses ébauches de portraits et de caricatures. Tant et si bien que le directeur dut sortir en personne en criant d'une voix de stentor : « Guiguenet Noël ! N'est-il pas présent ? Alors, au suivant ! » L'artiste en herbe se leva promptement, bredouillant des excuses et laissant choir sa boîte de crayons qui se répandirent sur le sol. Lorsqu'il se redressa, après les avoir rassemblés, il vit bien dans les yeux de l'entourage qu'encore une fois, on le regardait avec ironie, comme on regarde un fou ou, pour le moins, un original. Devant lui se dressait le directeur, avec une mine narquoise et sentencieuse.

L'affaire était mal engagée. Elle n'avait pas commencé qu'on voyait déjà en lui une tête en l'air.

Chapitre III

Le directeur, claquant des talons, précéda Noël en lui ordonnant de le suivre dans une salle garnie de deux hautes fenêtres, et où régnait une odeur de poussière et de moisi. Il s'assit devant une petite table sur laquelle étaient éparpillées des piles de mauvais papier couvert d'une écriture bien soignée.

— Prenez place devant moi, jeune homme, dit-il d'un ton neutre. Ainsi, vous êtes neveu d'Antoine Rabot ?

— Je le suis bien, oui, Monsieur, répondit le candidat qui, n'ayant pas eu le loisir de ranger ses crayons dans leur étui, les tenait toujours en désordre dans sa poignée.

— Je vous trouve bien âgé pour prétendre à une première rentrée. Quel âge avez-vous ? Savez-vous lire, au moins ? Qu'avez-vous donc fait, jusqu'à présent ?

— J'aurai quinze années au prochain Noël, et jusqu'à ce jour, j'aidais mon père qui est éleveur et agriculteur. Si je sais lire, c'est grâce à ma sœur Adèle qui m'a appris depuis tout petit ; et à écrire pareillement.

— Voyons donc ça, dit le directeur plein de doute. Écrivez-moi vos nom et prénom, votre adresse, ainsi que les mots : orthographe, sinécure et amphigouri.

Sachant que l'élégance de son écriture plaiderait en sa faveur, Noël s'appliqua.

— Fort belle écriture ! murmura le directeur. Et sauriez-vous me dire le sens de ces trois termes ?

Noël répondit en se sentant bien de ces premières interrogations. Il put voir que le directeur écrivait lui-même : *Belle écriture ; bon vocabulaire.*

— Vous lisez donc couramment. Lisez-vous souvent ? Avez-vous le goût de la littérature ?

— Je lis chaque fois que je le puis, lorsque ma sœur ou le curé Muguet me donne un livre à lire.

— Et pour l'instant, que lisez-vous ?

— *Grenoblo malhérou*, de Blanc la Gotta.

— Comment ça ? Le pitoyable écrit patoisant de ce pauvre épicier de la place Claveyson1 ? Et qu'y trouvez-vous donc, mon ami, à ces vers de mirliton ?

— Je les trouve intéressants, au contraire. Cette poésie raconte les inondations de Grenoble en 1733 ou 1740, que vous auriez connues, possiblement ?

— Dites-moi, mon jeune ami, me prenez-vous pour un ancêtre ? Mon père me les a racontées, certes, mais tout enfant j'ai connu l'épicerie de Blanc la Goutte, à laquelle nous achetions du sucre[2], du roudoudou ou de la vanille. Il était déjà fort vieux et

---

[1] François Blanc, dit Blanc la Goutte en raison du rhumatisme qui le touchait, écrivait des poèmes sans façon en patois dauphinois, dont le *Grenoblo malhérou*, qui conte les inondations que la ville dut subir en 1733 et en 1740. Un régal, mais la mode était alors à un langage plus sophistiqué, comme en témoignent les poèmes d'André Chénier ou les paroles de *La Marseillaise.*

[2] Le sucre arrivait alors à profusion des Antilles, et on pouvait s'en procurer partout, alors qu'auparavant on l'achetait par morceaux, et chez les apothicaires uniquement.

infirme. C'est une mauvaise chose que l'usage du patois. Il vous faudra y renoncer.

— Mais comment ferai-je ? Mes amis, à la campagne, ne comprennent rien d'autre que ce jargon-là. Lorsqu'on me demandera où j'étais passé, certains vieux ne comprendront même pas le terme de Grenoble, qu'ils continuent à nommer *Courlaro*. En patois, une *courla,* c'est une courge ; et un *courlaro*, un champ de courges[1].

— Ah oui ? Vous me l'apprenez... Mais il suffit ! Si je vous prends, au collège, à tenir de tels propos, vous entendrez parler de moi ! Du reste, comment se fait-il que vous, fils de paysan, parliez un si bon français ?

— C'est une tradition de ma famille, *Monseu* le Directeur.

— Pas *Monseu* ! Monsieur ! Et dites à votre sœur d'agir pareillement. Voilà qui est dit ! Parlez-vous aussi le latin ?

— Un peu, et assez mal. Mais je le lis assez bien.

— Quels auteurs latins connaissez-vous ?

— J'en connais plusieurs : Cicéron, qui m'a ennuyé, Tite-Live, que j'ai bien apprécié, et surtout Virgile et ses *Bucoliques*, qui semble parler de notre vie de paysans.

— Sauriez-vous m'en citer un seul vers ?

— *É pa difficilô !* Celui-ci, que j'ai appris à mon père, qui en a fait sa devise :

O fortunatos nimium, sua si bona norint agricolas !

— Oui. *Pa difficilô*, comme vous dites, admit le directeur en levant les yeux au ciel d'un air las. Je vois que vous êtes décidément un garçon bien instruit. Connaissez-vous la musique, ou le chant ?

---

[1] L'ancien nom de Grenoble était bien *Cularo,* jusqu'à ce qu'elle devînt la ville de l'empereur Gratien : *Gratianopolis,* qui s'est mutée en Grenoble. Mais il faudra attendre plus de quinze siècles pour voir s'éteindre l'usage du patois dauphinois.

— Je ne sais que des chansons en patois. Elles risquent de vous déplaire. Et je ne joue proprement d'aucun instrument.

— Alors, à quoi occupez-vous vos loisirs ?

— Au dessin ! C'est là mon passe-temps favori, et je dessine aussi souvent que je le peux.

— J'ai vu ça, en effet. Montrez-moi votre carnet.

Un peu honteux, Noël tendit son cahier, en ayant bien soin de préciser qu'il ne s'agissait que d'ébauches grossières, faites en position accroupie pour garder en mémoire un « sur le vif » qu'il reprendrait plus tard à loisir. Le directeur le saisit, le parcourut, et sourit même en voyant la caricature de monsieur Subito. « Voilà qui est prometteur ! » jugea-t-il. L'interrogatoire se poursuivit par de brèves questions sur l'astronomie, la théologie ou l'histoire antique, auxquelles Noël répondit comme il put. Enfin, monsieur Bouchet-Mallard tira sa montre de son gousset. Onze heures sonnaient au clocher de Notre-Dame.

— Voilà qui est bien ! conclut-il. Votre sœur et votre curé ont fait du bon ouvrage, et vous pourrez, d'ores et déjà, annoncer à votre oncle que vous serez admis au Collège royal. Cependant, pour l'année à venir, vous ne suivrez que les leçons de géométrie et de théologie, matières dans lesquelles vous avez quelques lacunes. Un comble, lorsqu'on a eu un prêtre comme professeur ! Si, en fin d'année, vous avez su pallier ces insuffisances, vous pourrez, dès la rentrée prochaine, intégrer l'université de droit. Si votre oncle ou votre tante souhaitent en savoir plus, qu'ils viennent me voir.

Il se leva et conduisit le lauréat à la porte, avant d'appeler le candidat suivant : Dolle Henri, et dut, une nouvelle fois, repousser les avances d'une jeune femme qui l'escortait. Tandis que Noël rangeait ses crayons dans leur étui, elle s'approcha de lui. Elle était toute jeunette, avec de grands yeux noirs, un petit nez mutin et une bouche comme une fraise sur un pot de crème.

Elle ne semblait pas être assez vieille pour avoir un enfant d'âge scolaire. Une petite mèche brune et charmante s'échappait de son bonnet couvert d'un châle de laine grise.

— Pardonnez-moi, Monsieur, demanda-t-elle à Noël, sauriez-vous me dire si ce professeur que vous quittez juste est un méchant homme ?

— Il n'est pas professeur, mais directeur, Mademoiselle. Il vient de me recevoir, en effet, et je l'ai trouvé plutôt amène.

— Et comment serai-je informée de son jugement sur le fils de mes maîtres ?

— Il vous dira, après l'entretien, tout ce que vous aurez à savoir. Il ne vous mangera pas, n'ayez crainte.

— Ce n'est pas là ce que je redoutais, mais plutôt de me faire gronder par mes maîtres, s'il venait à le refuser.

— Vos maîtres ? Qui sont-ils ?

— Monsieur et madame Dolle. J'ai été engagée, voyez-vous, pour surveiller les études de leur fils Henri. Mais cet enfant se montre parfois, souvent même, paresseux et indocile. Madame Dolle n'a pas pu le conduire en personne, car elle attendait sa couturière ; quant à monsieur Dolle, il est parti pour Nantes, et ne reviendra pas avant huitaine.

Même si Noël n'était qu'un Grenoblois occasionnel, un Grenoblois *par raccroc*, disait sa Tante Miette avec son accent chantant, il n'ignorait pas que les Dolle, comme les Raby, étaient surnommés « les Américains ». Ayant été assez futés pour investir dans les plantations de tabac ou de cannes à sucre des Antilles, ils étaient riches à millions et on les saluait de bien loin. Ils armaient à Nantes ou à Bordeaux des navires chargés de bimbeloterie ou de vieux fusils qu'ils échangeaient, en Afrique, contre des esclaves noirs auxquels ils faisaient traverser l'Atlantique, avant de les revendre dans les Amériques, pour revenir en France avec des cargaisons de sucre et de tabac[1], dont ils tiraient un bénéfice énorme.

Pour la deuxième fois, on avait appelé Noël « Monsieur » au lieu de « jeune homme » ou « mon gars ». Bien que devinant que cette promotion n'était due qu'à ses bas blancs et à ses chaussures à boucles, il se sentit plein d'assurance et se risqua à demander son nom à la jeune fille.

— Je me nomme Dimanche, répondit-elle. Dimanche Levrat. J'ai dix-sept ans, et je suis demoiselle chez madame Dolle.

L'impromptu de cette précision n'échappa nullement à Noël, qui fut troublé d'apprendre que cette jeune fille avait deux années de mieux que lui. Mais il savait bien que d'être encore *filla*, et même pas promise à dix-sept ans était cause de honte. Il poussa néanmoins son avantage en proposant une petite promenade dans le quartier, durant le temps nécessaire à l'examen. Elle rosit en refusant, prétextant que le cocher de la famille Dolle attendait devant la porte de l'école et qu'elle ne voulait à aucun prix être vue en compagnie d'un homme. Alors, ils devisèrent gentiment en faisant les cent pas dans la cour, jusqu'à l'instant où la porte du directeur s'ouvrit, et où monsieur Bouchet-Mallard apparut, la mine courroucée, poussant devant lui un jeune garçon grassouillet, du genre qu'on a trop gâté de sucettes et de bonbons pour compenser les faiblesses de son éducation. Dimanche eut juste le temps d'expliquer qu'elle s'inquiétait, car ce jeune garçon, mauvais et entêté, avait pris le pas sur elle, et comme sa mère lui donnait toujours raison, elle en était réduite à lui servir de bonne, sans jamais en obtenir le moindre effort. Aussi sentait-elle son emploi menacé dans le cas d'un refus du directeur. Elle pressa le pas en direction du maître exaspéré, pour entendre le verdict :

---

[1] Ce fut ce qu'on nomma le commerce triangulaire.

— Mademoiselle, vous serez aimable de prier votre maîtresse de venir me voir au plus tôt.

Il s'agissait donc d'un refus prononcé en des termes courtois. Dimanche avait pâli et répondit d'une voix chevrotante qu'elle n'y manquerait pas, tout en saisissant par le bras le mauvais garçon qui menaçait de s'enfuir dans la cour. À grand-peine, elle l'entraîna jusqu'à l'élégante voiture qui attendait devant le porche. Le mauvais garnement refusa d'y monter, par pur caprice ou par crainte de la punition qui l'attendait. Amusé par tant d'insolence, Noël le saisit par sa capuche et par le fond de sa culotte pour le hisser dans l'habitacle, avant de se précipiter de l'autre côté pour l'empêcher d'en ressortir. Le cocher, qui semblait en avoir vu bien d'autres, s'empressa de faire claquer son fouet, et le véhicule se mit en marche vers la rue Neuve. Noël resta songeur : le dernier regard que lui avait lancé le chenapan était celui d'un enfant étonné, mais nullement rancunier ou haineux. Sans doute était-ce la première fois qu'il voyait opposer une main ferme à ses caprices.

Lorsque la voiture eut disparu, il redescendit sur terre. La journée était belle. Il aurait de bonnes nouvelles à annoncer à son oncle et à sa tante, ainsi qu'à sa sœur et à ses parents, auxquels il se promettait d'écrire le jour même. Midi approchait. Il était temps de rejoindre la ganterie. Tout en marchant d'un pas ferme, il pensait encore au succès que lui avaient valu sa redingote et ses bas blancs : un statut de jeune homme de riche famille, simagrée qui dénotait bien la malice de sa Tante Miette. Il s'en sentait tout *estrassiné*[1] de gratitude, comme elle eût dit avec son accent chantant de Provençale. En effet, il était incapable d'attribuer son succès à ses propres mérites, car s'il avait bien quelques défauts, il ignorait le contentement de soi-même. Il pensait, somme toute,

[1] *Estrassiné* : transporté, en provençal.

qu'il avait été bien sot de se tourmenter pour cet examen qui n'avait été, en définitive, qu'une pauvre formalité. En revanche, il ressentait de la fierté du regard qu'avait porté sur lui la jolie Dimanche, pour lui faire sentir qu'elle n'était pas indifférente à sa gentillesse et à ses chaussures à boucles, et si l'hiver était proche, il sentait dans son cœur et dans sa tête la naissance d'un printemps.

Sur le chemin de la ganterie, il décida qu'il lui faudrait rédiger au plus vite sa lettre pour sa sœur, et pour le curé aussi, qui devaient se tourner les sangs à son sujet. Par intermittence, lui revenait l'âpre commentaire du directeur, jugeant ses dessins « encourageants », jugement blessant et inique, car il était capable de beaucoup mieux que ces gribouillons pris sur le vif en position inconfortable. Il se promettait alors de réagir en dessinant quelque paysage plus élaboré et soigneusement léché. Passant la porte de Bonne, il eut l'idée de réaliser des images des plus belles entrées de la ville qu'il pourrait, à l'occasion, faire valoir devant cet injuste directeur.

La Porte de Bonne

Il jugeait également opportun et urgent d'écrire à son oncle Bertrand, le frère de son père et de Miette. C'était un homme qu'il avait peu connu, mais qui représentait un personnage important de sa famille. Vivant retiré à la campagne comme un gentilhomme provençal, il avait un statut de seigneur, mais semblait se plaire surtout en compagnie de ses paysans, sur lesquels il gardait un œil bienveillant et toujours secourable. Noël avait accompagné sa Tante Miette autrefois, dans son castel de Montalban qui n'était, en vérité, qu'une grosse bastide plantée au sommet d'une colline derrière laquelle on pouvait voir la mer. Un homme qui parlait peu, mais écoutait volontiers. Jamais il ne manquait d'honorer de sa présence le plus modeste mariage, le moindre enterrement, et il savait ouvrir sa bourse aux plus démunis de ses sujets, qui éprouvaient pour lui, leur seigneur, une admiration affectueuse proche, parfois, de la dévotion pour certains, et de l'amitié pour les autres. Étant, par ailleurs, excellent cavalier, il avait tenté d'initier son neveu à cet art difficile, avec un succès modeste en raison de leur différence d'âge. Noël était, alors, un enfant de dix années à peine. Mais pour être jeune, on sait parfois observer et ressentir, et il avait perçu, chez cet oncle aux cheveux gris, un chagrin mystérieux dont l'origine lui avait échappé. Il savait, par ailleurs, qu'il avait acquis un appartement à Paris et, lorsqu'il se rendait de l'un à l'autre de ses domiciles, il ne manquait jamais de passer par Rivay ou Grenoble pour embrasser sa famille. En somme, c'était un homme souvent absent, mais dont on parlait si souvent, et avec tant d'affection, qu'il occupait une place éminente chez les Guiguenet. Noël en parlait parfois à sa mère, pour savoir le pourquoi de ce chagrin qu'il traînait toujours dans son œil bleu de pervenche. La réponse était toujours la même : il avait probablement vécu une histoire d'amour douloureuse au loin, en Russie, dont il ne se remettait pas et dont il ne souhaitait pas parler. Alors, on respectait son silence.

À la ganterie, ce fut la fête, mais nullement la surprise attendue. Nul ne semblait avoir douté de son succès. Bien qu'on fût en temps d'avent, Miette avait préparé avec Germaine un bon repas, et l'oncle Antoine remit à Noël une jolie bourse bien garnie, de la part de ses parents. Pour la missive qu'il adresserait à l'oncle Bertrand, Miette lui proposa de la joindre à celle qu'elle avait écrite de son côté. Mais le grand sujet de conversation fut l'avenir juridique auquel on pouvait le destiner. Noël avait toujours cru son futur lié à la ferme familiale, que les traditions ancestrales lui imposeraient de diriger, un jour ou l'autre, pour succéder à son père lorsque l'heure serait venue. Antoine et Miette lui expliquèrent longuement que cedit père n'était pas un *beunâtru,* et qu'il avait compris depuis bien des années que son fils chéri ne serait jamais heureux dans cet emploi-là, car il avait ses pieds dans les nuages et non solidement ancrés dans la terre comme il convient à un vrai paysan ; qu'en conséquence de quoi, il envisageait de confier la destinée de son exploitation à sa sœur Adèle qui en possédait déjà la maîtrise la plus complète et saurait bien succéder à sa mère dans la gestion de leur ferme. Ainsi l'idée leur était-elle venue, *à chapeu*, de faire faire des études à leur petit dernier, ce qui ne pourrait se réaliser qu'à Grenoble, car ailleurs, ils ne connaissaient personne pour l'accueillir, alors qu'ils tenaient à le garder près d'eux. Lyon ou Paris étaient trop éloignées. Quant à Toulon, il ne fallait même pas y penser, car c'était une ville entièrement vouée à la marine, et devenir marin supposait une vie trop périlleuse, avec des emplois qui vous conduisaient au bout du monde, et parfois au fond des mers. Grenoble[1] était une ville où l'on pouvait devenir ou militaire ou juriste, puisqu'on y entretenait des casernements et un grand tribunal. La simple idée de faire de Noël un militaire les avait tous fait rire, à commencer par Antoine. Restait donc le droit qui, comme chacun sait, peut conduire à tout, à condition d'en sortir.

---

[1] Grenoble, en cette fin du XVIIIe siècle, comptait environ 20 000 habitants, et entretenait une garnison militaire et un tribunal, indépendants du Roy de France, selon les termes de la cession de la province au dauphin de France par Humbert II, et non au Roy. On ne pouvait donc y faire carrière que dans l'armée ou la justice.

Noël fut bien un peu vexé de comprendre qu'on avait décidé de son sort dans son dos, comme s'il eût été un incapable figé dans l'infantilisme ; mais il sut reconnaître qu'il y avait, dans cette décision de renoncement paternel à son rêve, le témoignage d'un immense amour parental, ainsi que, peut-être, une pincée de bon sens.

Le tantôt se passa à rédiger les courriers pour la famille dans le parfum du repas qui mijotait sur le petit fourneau de la ganterie. Après quoi, on se serra les coudes pour recevoir à dîner, car on avait retenu Germaine Fayollat et invité les cousins Maxime-Albert et Louis-Auguste, bien heureux de se voir dispensés du devoir de jeûne de l'avent. Ils surent complimenter Noël, non sans rajouter que, lorsqu'il serait juge ou avocat au barreau de Grenoble, il serait bien à même de défendre ses chers cousins devant les tribunaux.

On en rit donc, puisque l'heure était à rire. Mais l'oncle Antoine n'apprécia leur humour que du bout des lèvres.

Chapitre IV

Pour les fêtes, Fernand s'en vint à Grenoble rendre visite à son fils. Il apportait à Miette une pleine charretée de victuailles, car à Rivay, on avait tué deux *cayons*[1] gras, et c'était là l'occasion de se reconnaître pour l'hébergement hivernal du fils de sa maison. Il eut à peine le temps de partager le repas de fête, en raison de la brièveté des jours et du froid mordant. Il leur dit ses regrets de n'avoir pu leur réserver que du pain noir, à cause du manque dramatique de farine de blé. Depuis deux années, déjà, la récolte en avait été piètre, et il ne restait, à la ferme, qu'à peine de quoi emblaver une parcelle. Pour finir, ils avaient décidé avec son épouse Ursule et leur fille, que, cette année encore, on attendrait la fin de l'hiver pour semer, car la froidure menaçait d'être terrible, si l'on en croyait la peau des oignons[2]. Les pains qu'il leur apportait n'étaient faits que de farine de sarrasin et de seigle *de l'an passa*, mais il était malgré tout savoureux et tenait bien au ventre.

Antoine et Miette se récrièrent ! Le pain blanc se faisait introuvable, et son prix menaçait d'atteindre les douze sous[3], si

---

[1] *Cayons* : porcs, en patois dauphinois.

[2] Durant des siècles, on se fia à l'épaisseur de la peau des oignons pour prédire la rigueur de l'hiver à venir.

[3] Si l'on se risque à une comparaison, ce prix représenterait, actuellement, la baguette à 10 euros environ.

bien qu'on en était réduit, chez certains boulangers, à l'acheter par tranches. Cette raréfaction du pain blanc avait pour conséquence fiscale la diminution des rentrées d'impôts sur les farines et sur le sel. On craignait de voir les taxes s'envoler pour compenser ce déficit.

— Je n'y crois guère, dit l'oncle Antoine. Le Parlement du Dauphiné, qui est souverain en la matière, ne le permettra jamais.

— Et si le Roy de France l'exige ? demanda Noël.

— Le Roy de France n'a rien à exiger chez nous. Il peut juste requérir, et c'est le Parlement du Dauphiné qui décide. Si Sa Majesté souhaite négocier, il lui suffit de convoquer les États généraux et d'entendre alors les doléances de ses sujets, avant d'en exiger des impôts supplémentaires. Le temps n'est plus où le Roy pouvait conduire son royaume à la ruine dans l'indifférence. Si la France est actuellement criblée de dettes, au point que la banqueroute la menace, c'est en raison de l'incompétence de ses ancêtres et de son inutile aventure américaine[1], et non des manquements de son peuple, et surtout pas de celui du Dauphiné.

— Tu n'as donc pas le respect de la Royauté ?

— Oh ! Que si ! Je respecte mon Roy. Mais encore faudrait-il qu'il mérite mieux ce respect, et qu'à l'heure de payer les conséquences de sa maladresse, il n'ait pas l'aplomb d'offrir des colliers de diamants ou des palais à son épouse, pour son amusement à jouer à la fermière.

— Mais en quoi cela te dérange-t-il, que la Reine joue à la fermière ? demanda Fernand en riant. Ce sont des babioles, non ?

---

[1] Le royaume de France, à ses frais, avait aidé l'Amérique à conquérir son indépendance vis-à-vis de l'Angleterre, dans l'espoir de retrouver ses anciennes colonies. Ce fut un échec, un camouflet pour l'Angleterre et la ruine de la France, dont les finances avaient déjà été mises à mal par la politique de Louis XIV et de Louis XV.

— Oh ! Peu me chaut ! Qu'elle joue ! Et qu'elle joue bien à tel jeu qui lui plaira, cette Autrichienne ! Je ne dis pas que ces gamineries m'offusquent, mais seulement que ce luxe inutile, à l'heure où ses sujets crèvent de faim, porte atteinte à la Royale dignité, qu'elle déconsidère aux yeux du peuple. Ce sont peut-être des babioles, mais qui témoignent d'une indifférence et d'une maladresse malvenues pour un souverain.

Les deux beaux-frères prenaient manifestement plaisir à parler de la politique du pays, et Noël les écoutait volontiers, sans forcément comprendre tous leurs propos. Cependant, lorsque trois heures sonnèrent au clocher de l'église Saint-André, Fernand se leva en disant qu'il était temps pour lui de *prendre du souci.* Embrassant son fils, il lui tint les propos les plus paternels :

— Mon fils, te voici presque aussi grand que moi. Mais ta petite redingote ne te suffira pas, cet hiver. Tu te feras tailler une vraie pèlerine de grosse laine, avec une capuche, et aussi, tu te feras faire une bonne paire de bottes fourrées, avec d'épaisses semelles. Si besoin, tu te feras aider de ta Tante Miette.

Puis il partit atteler son vieux cheval.

Ce conseil n'était pas tombé dans l'oreille d'une sourde, car Miette était toujours disposée à courir les bottiers et les tailleurs. Dès le lendemain, ils retournèrent chez monsieur Jeanmougin et, cette fois, la tante eut la délicatesse de laisser son neveu donner lui-même ses consignes et régler la question des arrhes. Elle se limita à offrir une doublure de soie rouge du meilleur effet, d'après ses goûts. Puis, ce fut la visite au bottier, et de retour à la ganterie, elle ordonna de confectionner une paire de mitaines doublées, car elle devinait bien que l'artiste ne se priverait pas de dessiner pour cause de froidure.

Sitôt échu l'an neuf, Noël dut se rendre au collège pour ses leçons de géométrie et de théologie, ce qui ne lui prenait que deux pauvres heures quatre fois la semaine. Il mit du temps à faire la connaissance des autres élèves du collège, mais n'en fut pas moins un écolier appliqué. Il soupçonnait que sa tenue démodée était la cause pour laquelle on le battait froid, mais bien vite, il apprit qu'il avait, en vérité, la réputation d'un jeune homme instruit et consciencieux : dès son retour, il relisait soigneusement ses notes, avant de raccompagner Ernestine à la rue Saint-Jacques, par force de l'habitude acquise et bien que ce devoir commençât à le lasser. Dès la nuit tombante, il révisait ses leçons et s'inventait des exercices.

Chaque fois qu'il sortait en ville, il espérait revoir la jolie Dimanche qui lui avait tant plu le jour de la rentrée, mais jamais elle ne se montrait. Pourtant, dans le courant du mois de janvier, il devait faire une nouvelle connaissance tout à fait inattendue, et dans les circonstances fort particulières que voici :

Par un bel après-midi comme sait en offrir, parfois, le plus cruel des hivers, il avait profité de cette douceur passagère qui annonce de prochaines chutes de neige et qu'on désigne, en Dauphiné, sous le terme de *veille*. D'un bon pas, il avait poussé jusqu'à la porte Créqui, puis longé l'Isère jusqu'à trouver une belle vue sur le fort Rabot et la porte de France, dont il voulait tracer, au moins, les contours.

La Porte de France et le fort Rabot

Ayant trouvé le lieu idéal, il s'était assis sur une souche, au bord de l'ancien chemin de halage. Bien à l'abri du vent dans sa chaude pèlerine, glissant ses mains gantées de mitaines par les crevés de son habit, il s'était vite absorbé dans son paysage. Mais il n'était pas seul à profiter de cette tiédeur passagère. Un couple de bourgeois, bras dessus, bras dessous, le salua comme on le fait en pareille circonstance. Il leur rendit leur salut distraitement, tout en ne souhaitant rien d'autre que leur départ. Néanmoins, le couple se posta derrière lui pour apprécier longuement son travail, attitude qui insupportait Noël, mais à laquelle il eût été discourtois de réagir. Au bout d'un instant, il se retourna cependant avec une figure qui voulait leur signifier son agacement, mais ils ne bougèrent pas d'un pouce, ni l'homme, un grand vieillard cossu avec des rouflaquettes, ni la femme, couverte d'un épais col de renard blanc, les mains enfouies dans un manchon de même fourrure. Ils lui sourirent de façon désarmante, pour lui faire leur compliment.

— Vous avez du talent, jeune homme. Où avez-vous appris le dessin ?

— Je ne l'ai jamais appris. Est-ce qu'on apprend ce genre de chose ?

— Pour certains, c'est une nécessité. D'autres ont ça dans le sang, comme vous, sans doute. Un don, en quelque sorte.

— Et vous travaillez sans estompe, surenchérit la dame. Comment procédez-vous pour faire ces jolis dégradés dans le ciel ?

Pour appuyer sa question, elle avait sorti de son manchon une fine main soignée et baguée d'une énorme émeraude.

— Eh bien, c'est tout simple, expliqua Noël. Je me sers de mon doigt ou de l'angle de mon mouchoir, tout simplement.

— Tout simplement ? s'extasia la femme en riant. Eugène ! Il nous faut l'inviter. Ce garçon en aura peut-être à nous apprendre.

— Tu as raison, ma douce, répondit aimablement le bourgeois en ouvrant son manteau sur trois boutons, laissant apparaître une chaîne de montre en or étalée sur son ventre, pour en tirer une carte de visite. Avec quelques amis, nous avons créé une amicale artistique, un club, en quelque sorte, qui se réunit dans un de nos salons, les vendredis à dix-huit heures. Nous serions heureux de vous y recevoir. Notre adresse figure sur ce carton.

Noël jeta un œil distrait à cette carte :

Eugène-André Raby-Sainte-Luce
Négociant
Place Grenette
à Grenoble

Puis il adressa à ce couple si distingué un sourire aimable, affirma qu'il se ferait un plaisir de se présenter au lieu dit et à l'heure dite, et glissa le carton entre deux feuillets de son carnet de dessin.

— Nous allons vous laisser travailler, dit la dame qui semblait un peu vexée de ne pas se voir reconnue. Nous comptons sur vous, n'est-ce pas ? Vous viendrez ?

— Je n'y manquerai pas, et vous remercie vivement, répondit Noël, avant de se plonger de nouveau dans son paysage.

En vérité, il n'avait aucune intention de se présenter chez ces bourgeois huppés de la ville. Cette assemblée d'artistes amateurs représentait certainement une épreuve de mondanité du genre qu'il exécrait. Il n'irait pas. S'il devait, un jour, revoir ces gens, il dirait qu'il n'avait pas su trouver leur adresse, qu'il avait dû garder le lit après s'être refroidi sur le bord de la rivière, ou encore, qu'il avait confondu le vendredi avec le samedi, ce qui était bien dans sa manière. Très vite, il n'y pensa plus. Mais lorsque le soleil se fit pâle, et qu'il fut temps de retourner à la ganterie pour montrer à Miette le fruit de son travail, le petit carton dont il s'était servi comme d'un marque-page n'échappa nullement à l'œil acéré de sa tante.

— Une carte d'Eugène Raby ? Où l'as-tu trouvée ?

Noël dut alors raconter le passage de ces deux promeneurs, et l'invitation qu'on lui avait faite pour le vendredi suivant, à laquelle il comptait bien échapper.

— Comment ça ? Bien sûr que tu t'y présenteras ! Sais-tu bien qui sont les Raby ?

— Pas vraiment. Je l'avoue, mais…

— Ce sont des « Américains » de la ville, aussi riches que les Dolle, peut-être même plus. Une invitation chez eux, serait-ce pour simplement dessiner, ne se refuse pas. C'est un laissez-passer dans tous les domaines, car ils ont le bras long et dépensent sans compter. Ils pourront acheter tes dessins, ou te les faire vendre. Et si, un jour, tu devenais leur familier, ta carrière juridique se verrait toute tracée par cette relation. Nous en parlerons ce soir à Antoine, et tu verras qu'il ne te conseillera pas autrement.

En effet, le conseil fut identique, le soir venu. Avec toute l'autorité qui lui était naturelle, l'oncle lui fit bien sentir que de négliger une pareille chance serait un affront pour toute la famille, et une marque d'ingratitude pour le soin qu'on prenait de lui. Noël se soumit, donc, et le soir venu du vendredi, s'étant fait bien propre sur lui, il s'achemina dans une nuit noire et glacée vers la place Grenette, où il ne passait plus grand monde pour le renseigner. Au bout d'un quart d'heure, il s'était mis en retard et entendit sonner l'angélus. Il faillit renoncer, puis se décida à *sigroler*[1] la cloche du plus haut immeuble de la place. Il vit alors un lumignon s'éclairer derrière la porte, qui finit par s'entrouvrir sur le regard méfiant d'une servante.

— Suis-je bien chez monsieur Raby ? Il m'a commandé pour ce soir. Est-ce bien là sa résidence ?

— Monsieur Raby est parti hier pour La Rochelle. C'est pour quoi ?

— Pour une leçon de dessin, précisa Noël en montrant son carnet pour se justifier.

— Pour la soirée de Madame ? Vous êtes en retard. Elle a commencé depuis une demi-heure. Mais venez. Je vais vous conduire.

Elle le fit entrer dans un vaste vestibule et, refermant tous les verrous de la grande porte, lui demanda s'il souhaitait lui confier son vestiaire, invitation qu'il déclina. Elle portait à la main une lanterne sourde, de manière à bien voir qui se présentait. Pourtant, ce domicile était abondamment garni de lustres et de chandeliers fixés aux murs, qui permettaient d'y voir presque comme en plein jour. Tante Miette avait raison : ce n'était pas là qu'on devait pleurer pour un bout de chandelle !

Suivant la servante, il commença à gravir un grand escalier de marbre. Au palier du premier étage, il distingua une vaste salle au fond de laquelle brûlait un grand flambard de feu, avec une longue table où des couverts s'alignaient sur une nappe immaculée. On prévoyait donc de faire un repas, malgré l'avent et bien qu'on fût un vendredi. Sans prononcer un mot, il décida de se soustraire à cette corvée, dont on ne l'avait pas prévenu.

On monta encore un étage, avant d'emprunter un escalier de bois, plus étroit et plus sombre. On devait atteindre les combles. La servante toqua à une porte de chêne, qu'elle ouvrit

---

[1] *Sigroler* : agiter, en patois dauphinois.

sans attendre de réponse. Noël la suivait à deux marches en contrebas. La porte donnait sur une salle où régnait une lumière intense dans un silence appliqué et studieux. La silhouette gracile de madame Raby-Sainte-Luce se profila dans l'embrasure.

— Qu'est-ce donc, Huguette ?

— C'est un jeune monsieur qui se dit invité. Il ne m'a pas dit son nom, répondit la servante en levant sa lanterne pour éclairer le visage de Noël et, conjointement, celui de l'hôtesse qui fit un grand sourire aux dents parfaites.

— Mais certainement ! Entrez, Monsieur. Nous avons commencé sans vous la leçon. Entrez, entrez ! Je vais vous présenter à nos amis.

La salle était de taille moyenne. Une dizaine d'hommes et une femme y siégeaient, crayon ou pinceau à la main, dans la lumière de quatre chandeliers à six branches à côté desquels on avait disposé des miroirs pour en augmenter la clarté. Un vieil homme, tout sec et maigre, portant moustache et barbichette pointue, s'approcha avec l'air docte qui signait son rôle de professeur.

— Monsieur Diodore, voici votre nouvel élève, dont j'ai malheureusement mangé le nom l'autre jour, éblouie que j'étais par son talent précoce. Comment vous nommez-vous, mon ami ?

— Noël Guiguenet, Madame, pour vous servir, répondit le nouveau venu, pensant que cette formule toute faite avait de quoi poser son homme.

Le professeur arborait la mine sévère et intraitable de celui qui sait mieux que tout le monde.

— Nous allons reprendre, Madame, annonça-t-il.

— Laissez-moi vous installer, Monsieur Noël ; près de moi, afin que je puisse profiter de votre savoir-faire.

Elle conduisit son invité parmi de vieux messieurs à la mine austère qui le saluaient d'un hochement de tête, en se serrant pour ménager une place, sous l'œil courroucé de monsieur Diodore. Ces artistes disposaient qui d'un chevalet, qui d'un carton, qui d'une tablette. Madame Raby installa un fauteuil près du sien, qu'elle tapota gentiment pour l'inviter à s'asseoir près d'elle au premier rang d'un demi-cercle d'artistes qui entouraient une estrade garnie d'un siège recouvert d'un drap soigneusement disposé où une aiguière d'argent trônait dans les plis harmonieux. Nous allons reprendre, Dix-sous ! ordonna le maître.

Ce fut seulement alors que Noël remarqua un petit poêle de fonte, près duquel se réchauffait une fille couverte d'un pauvre manteau élimé, et qui devait être celle qu'on nommait Dix-sous.

La fille apparut pour monter sur l'estrade, et docilement se découvrit pour se retrouver nue. Elle eut un regard dur pour le nouveau venu et prit son aiguière dans ses mains, dans une nudité intégrale, resplendissante, lumineuse, à faire damner un saint.

En un mot, elle était plus nue que nue, et Noël manqua en tomber de son fauteuil.

Chapitre V

L'expérience que possédait Noël du corps féminin n'était pas des plus élaborées. Ayant grandi à la campagne, il n'ignorait pas ce qui différencie les mâles des femelles, mais des filles et des femmes, il ne savait que les détails qu'il avait pu dérober par malice dans les corsages des lavandières ou dans les ruisseaux où elles allaient parfois, se croyant entre elles, se soulager ou se laver des souillures du chemin ou de l'étable. C'était un savoir très partiel et plus à même de stimuler l'imaginaire que la connaissance à proprement parler.

Dans ces conditions, le spectacle qui s'offrait à lui, ce soir-là, lui fit l'effet d'une révélation et d'un tremblement de terre. S'il en avait été le seul bénéficiaire, il se fut trouvé au summum de l'excitation, mais tel ne fut pas le cas. Tous ces vieux messieurs semblaient absorbés dans leur travail, et monsieur Diodore lui-même faisait le tour de ses artistes, sans se préoccuper de cette éblouissante nudité et comme indifférent à ses charmes. Noël tourna ses yeux étonnés sur madame Raby, qui lui rendit un regard complice et amusé. Puis, afin de ne pas paraître trop sot, il se força à éviter de fixer son attention sur ces seins, ces cuisses, ce ventre immobiles par devoir et figés dans une pose convenue. Il concentra son regard sur le visage du modèle. Elle lui adressa un œil furibond, de ses yeux noisette, sans rien perdre de son immobilité professionnelle. Elle tenait son aiguière près de son front, comme si elle avait recélé les Saintes Huiles ; le bout de ses doigts se trouvait bleui par le froid et l'inactivité, et ces détails exprimaient, malgré l'absence de gêne, une incroyable tristesse. Il comprit alors que sa nudité ne constituait pas une offrande, mais une pitoyable affaire commerciale, par laquelle elle gagnerait les dix sous qui lui valaient son surnom : Dix-sous ! Un demi malheureux petit franc qui ne faisait pas le vingtième d'un écu d'argent, alors que tous ces riches messieurs devaient avoir leurs poches cousues d'or, et lui-même bien dix fois autant dans sa bourse ! Ses sangs, qui s'étaient tout d'abord échauffés, commencèrent à s'apaiser, au vu de ces constatations sordides.

Il décida de ne plus accorder d'importance aux formes généreuses du modèle, mais d'en tracer un portrait bien réel, avec son visage triste, en travaillant les ombres et les lumières, en commençant par le reflet qui vibrait sur l'argent de l'aiguière en autant d'éclats qu'il se trouvait de bougies, avant de rebondir sur le visage de Dix-sous. Il ne dessinerait pas son corps. Du reste, s'il représentait ordinairement assez bien les bêtes, en s'appliquant à leur donner le mouvement et l'équilibre qui créent la vie, ce corps, figé dans un abandon factice, ne l'inspirait guère, finalement. Sur toute une page de son carnet, il traça une ébauche, avant d'examiner le visage de Dix-sous, avec ses reliefs et ses méplats, pour s'en imprégner jusqu'au fond de son âme d'artiste, qui prenait le dessus sur ses instincts animaux et sauvages.

Ayant tracé avec soin les contours des deux sujets, il fixa longuement le visage de Dix-sous pour déterminer la manière dont la lumière s'accrochait à ses formes. Le regard qu'échangeaient Noël et le modèle se modifiait au fil du temps. La colère des yeux de la fille semblait s'évanouir. Monsieur

Diodore, qui passait derrière chacun de ses élèves pour modifier tel ou tel aspect de leurs œuvres par ses recommandations péremptoires, se campa bientôt derrière Noël, pour lui faire remarquer que le sujet du jour était l'étude du nu, et non le portrait. Le débutant ne put que lui faire valoir que son retard à la séance lui interdisait d'en faire plus, remarque à laquelle le maître répondit par un grognement lourd de reproches et de mépris. Puis il s'éloigna, comprenant bien que cet artiste en herbe était le protégé de la maîtresse de maison, et tenant à garder son emploi et son autorité.

L'entente semblait se faire entre l'artiste et son modèle, par le truchement de leurs yeux qui ne se quittaient que par intermittence. Parfois, par une mimique, il invitait la fille à lever ses yeux vers le ciel, et elle s'exécutait sans délai. Noël sortit alors son mouchoir, pour parachever son dessin en lui donnant volumes et perspectives. Il commença par l'aiguière, qui représentait le plus simple de l'affaire, puis continua avec les mains qui la portaient, avec l'ombre de ses doigts un peu épais. Puis, satisfait, il s'attaqua au visage, faisant ressortir le front bombé, les joues un peu creuses, l'arc admirable des sourcils, l'arrondi du nez qui répondait parfaitement à celui du menton, et l'ombre de ce dernier s'étalant sur la naissance du cou. Il acheva par le reflet des chandelles sur les lèvres qui semblaient exprimer un espoir de baiser. Il en finit en ombrant les cheveux, ce qui était, pour lui, le plus facile.

Il en avait terminé. Le moindre détail supplémentaire eût gâché le tout. Madame Raby s'était interrompue pour se pencher sur la technique de son protégé. Il émanait d'elle une tiédeur parfumée et très féminine de lys, de jasmin ou de rose ; il n'aurait su le dire. Dix-sous, en revanche, avait commencé à grelotter et à claquer des dents, réclamant par ces signes une pause dans sa pose. Trois bougies s'étaient déjà consumées sur les chandeliers et le petit poêle s'était éteint. Le modèle se leva, malgré les protestations d'une autre dame, qui souhaitait achever son œuvre.

— Chers amis, déclara madame Raby, nous allons faire passer le chapeau, et nous nous en tiendrons là pour ce soir. Merci, Monsieur Diodore, encore une fois.

Le professeur ôta alors son bonnet, laissant apparaître un crâne dégarni, pour le faire circuler dans l'assemblée, afin que chacun pût y déposer son obole. Pendant ce temps, Dix-sous remettait, derrière le poêle, une pauvre robe rapiécée, des bas troués et un petit caraco noir, avant de se chausser de sandales éculées. Puis elle se couvrit d'un mince manteau de misère et d'un châle de laine sans couleur. La simple reprise des mouvements de ce corps qui avait, l'instant d'avant, perdu tout attrait dans son immobilité, éveilla l'attention de Noël. Cependant, afin de ne pas manquer aux usages, il observait aussi les bourgeois qui crachaient au bassinet[1] en rangeant leur matériel. La plupart vidaient leur gousset de petites pièces, ou bien jetaient un écu d'argent ou deux dans le chapeau. Pour sa part, il donna ce qu'il avait dans sa poche, soit deux francs et quarante sous. Madame Raby invitait ses convives à venir admirer le travail de son nouveau venu. Chacun de ces bourgeois vint examiner le portrait de Dix-sous en rajustant son lorgnon. « Surprenant ! », « Remarquable ! », « Excellent ! » disaient-ils par pure politesse, car, de toute évidence, le portrait d'une fille de joie ne suscitait, pour aucun, le moindre intérêt.

— Françoise ! Viens voir un peu ! lança madame Raby à l'autre femme, qui avait voulu achever son œuvre.

La dame, plutôt enrobée, s'approcha pour pousser, elle aussi, des cris d'admiration.

---

[1] On désignait, sous ce terme, le récipient qu'on passait au bout d'un long manche, entre les rangées des fidèles, lors de la quête, durant la messe.

— Mais comment procédez-vous, Monsieur Quiquenet ? Et tout ça en moins d'une heure !

Outre son défaut de prononciation, elle avait un regard de myope qui la forçait à porter constamment sur elle son face-à-main.

— Ferez-vous mon portrait, Monsieur Noël ? susurra madame Raby. J'en serais si heureuse.

— Moins que moi, Madame, et le jour qui vous conviendra, répondit Noël, qui avait pris le parti de la distinction mondaine pour ce soir-là.

— Mais vous ne me forcerez pas à poser nue, j'espère !

— C'est pourtant une tenue qui aide à l'inspiration, répondit l'artiste, heureux d'en avoir fini et voulant faire un trait d'esprit d'un goût un peu douteux.

Les deux femmes partirent d'un rire argentin et convenu.

— Méfiez-vous, Monsieur Quiquenet, rajouta Françoise ; vous ne savez pas de quoi ma cousine est capable.

— Veux-tu te taire, Françoise ! dit madame Raby qui avait rosi sous le mot. Monsieur Noël, nous avons coutume de clore notre séance d'étude par un léger en-cas. Je compte vous y voir des nôtres.

— Ce ne me sera pas possible, Madame, et croyez bien que je le déplore. Mais je suis attendu et n'ai pas tout mon temps. Vous me pardonnerez.

— Dans ces conditions, ce sera pour la prochaine fois, car nous comptons bien vous revoir, sitôt passé carême prenant ; ou même plus tôt, si vous le souhaitiez. Notre maison vous sera toujours ouverte.

Tout en se répandant en mensonges et en civilités, Noël observait monsieur Diodore qui estimait les pièces de son chapeau, pendant que son modèle continuait à grelotter en attendant son salaire. Le professeur lui compta soigneusement ses dix sous, pas un de mieux, avant de courir derrière les bourgeois qui se bousculaient déjà à la porte, laissant passer la servante qui venait moucher les chandelles en demandant au nouveau venu s'il restait pour le souper. Il renouvela fermement son refus et elle, indifférente, promit de lui ouvrir la porte qui donnait sur la grande place.

Ils descendirent tous deux les étages, et lorsqu'ils se retrouvèrent dehors, dans le froid et la nuit noire, Dix-sous grelottait toujours en claquant du bec comme une malheureuse.

— Laisse-moi te raccompagner, Dix-sous. Il fait si froid que tu vas prendre mal.

— C'est inutile, répondit-elle. Je n'habite pas loin et marcher me réchauffera.

— Pas loin, mais encore ? demanda Noël en la couvrant de sa pèlerine. Allons, voyons ! Tu vois que je ne suis pas frileux.

— À l'angle de la rue Montorge et de la rue Bailly, précisa-t-elle en se laissant faire.

C'était un des quartiers les plus mal fréquentés de la ville, une fois le soir tombé. Ils partirent d'un bon pas, sans échanger un mot. La pèlerine couvrait la fille de la tête aux pieds et traînait certainement dans l'ordure de la chaussée. Il régnait une obscurité inquiétante, à laquelle leurs yeux s'accoutumaient peu à peu. Dix-sous l'arrêta bientôt devant une petite porte basse et misérable qu'il n'eût jamais remarquée tout seul.

— Me voilà arrivée. Je vais vous rendre votre cape.

— Pas question ! Tu grelottes encore. Tu me la rendras quand tu seras chez toi et bien au chaud. Je t'accompagne plus loin.

Il la suivit à travers ce qui semblait une cour de petite taille, et enfin, par un porche réduit, devant un méchant escalier branlant de toutes ses marches, qu'on gravit à grand risque sur trois étages. Au travers des portes trop minces, on percevait des cris, des soupirs, des gémissements ou même des chuchotements inquiétants. Quelque chose frôlait parfois leurs jambes. Des chats, sans doute, ou de gros rats. Dix-sous ouvrit une de ces portes, qui donnait sur une pièce noire, au fond de laquelle on pouvait percevoir la vague clarté d'une fenêtre découvrant un ciel nuageux et menaçant.

— Entre donc ! déclara-t-elle.

Et Noël s'étonna de ce tutoiement subit. Mais, après tout, elle était à présent chez elle.

Elle alluma un bout de chandelle de suif, dont la maigre flamme permit de découvrir les lieux : une chambre étroite et toute en longueur, avec un lit de sangles, un seau d'aisance et un petit brasero qui enfumait la pièce plus qu'il ne la réchauffait.

— Ferme la porte et tourne-toi ! commanda-t-elle avec mauvaise humeur. Je veux pisser.

Noël s'exécuta poliment. Pour fermer la porte, il fallait reculer, puis avancer, tant la pièce était étroite. Il entendit Dix-sous se soulager, et se sentit rassuré qu'elle n'eût pas renoncé à toute pudeur, puisqu'elle l'avait prié de se tourner préalablement. Alors qu'il s'en réjouissait, il se retourna en entendant chanter le couvercle du seau d'aisance. Elle avait posé sur le lit la pèlerine, et il voulut lui demander si elle se trouvait suffisamment réchauffée. Mais la belle avait changé de ton :

— Va-t'en ! lui dit-elle, courroucée. J'ai eu, un instant, l'idée que tu n'étais pas comme les autres, mais je me suis trompée. Après avoir vu tout ce que j'avais à te laisser voir, tu vas me demander comment j'en suis arrivée là ; et je te servirai l'histoire qu'il te plaira d'entendre. C'est assez, à présent ! File ! Ou bien j'appelle !

— Mais non, enfin, je voulais juste ne plus t'entendre claquer des dents, parce que ça me faisait peine…

— À qui ça pourrait-y bien faire de la peine, que j'aie froid ? La vérité, c'est que tu n'es qu'un rien qui vaille. À ton âge ! C'est du propre ! Va-t'en, je te dis !

— Mais voyons…

— File, grand saligaud ! Je dormirai avec ma voisine. On se tiendra aussi chaud sans toi. Merci pour ta charité de petit-bourgeois et ta belle cape. Tu ne vaux pas mieux que ces vieux boucs vicieux qui n'ont jamais un liard de trop. Tu as vu ce que tu voulais voir. Du balai, à présent !

Et tout en vociférant, elle le repoussait vers la porte, qu'elle finit par lui claquer au nez, après lui avoir jeté à la figure sa pèlerine.

Noël se retrouva seul et stupide dans le couloir, où le silence s'était joint à l'obscurité. Craignant que toute la populace lui tombât sur le râble, et cherchant une escampette pour fuir dans un lieu sûr, il buta de droite et de gauche entre les multiples portes, chercha en tâtonnant du pied le petit escalier, finit par le déceler et le dégringoler avec peine. Il déboucha enfin sur la terre glacée de la petite cour et remit sa pèlerine, sur le qui-vive, prêt à tout, caché tapi dans le coin le plus sombre. Il vit passer deux ombres et crut mourir de peur, puis il remonta silencieusement leur trajet. Le chant d'un oiseau de nuit lui indiqua la direction du jardin de la Municipalité et, rasant les murs, il put gagner la place Grenette, où quelques fenêtres encore éclairées lui permirent de s'orienter.

Il retourna enfin à la ganterie, où Miette était absente, car, souvent, elle allait dormir chez son mari quand il faisait trop froid et qu'elle se trouvait trop seule. Il monta dans sa chambre, désolé, pour observer, à la lueur d'une chandelle, le portrait qu'il avait fait de Dix-sous. Il cherchait à comprendre cette subite réaction de mauvaise humeur. Il avait mis tout son art, pourtant, pour lui donner un visage d'ange, avec ses yeux clairs perdus dans le ciel.

Peut-être avait-elle été blessée de se voir en extase devant une aiguière, comme si elle eût été elle-même une potiche ? Mais non, puisqu'elle n'avait pas accordé le moindre regard à son portrait…

Prenant sa tête entre ses mains, il lui vint l'idée que la discrétion dont il avait fait preuve vis-à-vis de ses charmes aurait pu représenter la cause première de sa vexation. Possible, mais cette discrétion relevait, après tout, de sa propre gêne, car c'était bien lui-même qu'il cherchait à épargner, pour garder l'air d'un artiste véritable qui, habitué au spectacle de la nudité féminine, la regardait avec une indifférence manifeste, tout absorbé qu'il se trouvait dans sa passion. Pour ce faire, il avait pris l'exemple de tous ces vieux barbons au mépris incommensurable, et sur monsieur Diodore qui n'accordait à son modèle que le seul intérêt que peut générer la rapacité.

Mais Dix-sous l'avait-elle compris ? Cette fille était sans doute rompue à l'exercice de sa nudité, et cette exhibition la laissait surement indifférente. Mais lui, Noël, l'avait jugée fort attirante, et c'est bien ce qui l'avait gêné. Peut-être eût-il dû le lui faire comprendre ? Mais comment faire, dans une séance publique de dessin ? Peut-être avait-elle estimé qu'elle ne lui plaisait pas, au point de s'en trouver blessée ?

Pire encore, et l'idée finit par lui en venir à l'esprit : elle avait pu penser qu'il était bougre et attiré seulement par les autres garçons ? Voilà qui eut été la dernière des offenses !

Réfléchissant à toutes ces questions, il finit par conclure qu'il s'était montré parfait *beunâtru*, à force d'avoir voulu trop bien faire, et que la volée d'insultes qu'il avait reçue en échange n'était peut-être que justice. Sans doute existait-il, pour les *fillés,* une manière qu'il ne maîtrisait pas et qu'il ne saurait jamais acquérir, car entre l'une qui ne desserrait pas les dents, l'autre qui disparaissait dans la nature et celle qui le traitait si méchamment, l'espoir était bien ténu qu'il sut un jour se corriger.

Ce fut donc la mort dans l'âme qu'il monta se coucher. Le lendemain, sa Tante Miette et son oncle Antoine voulurent tout savoir sur sa soirée mondaine, et lorsqu'ils virent le portrait de Dix-sous avec son aiguière, ils lui jurèrent qu'il s'était surpassé, ce soir-là. Mais lorsqu'il dut leur avouer que le modèle était nu, et qu'il n'avait pas osé la représenter dans ce pauvre appareil, ils furent pris d'un petit rire bienveillant, en refusant tout autre commentaire.

Le lendemain, il reprit ses études avec application ; mais après déjeuner, alors qu'il sortait se dégourdir les jambes, ses pieds semblaient le ramener tout seuls à la rue Montorge, sans qu'il y fût pour rien.

Chapitre VI

Ce fut sur ce triste événement que s'acheva l'hiver, pour laisser place à un début de printemps rigoureux au point d'être cruel. Noël, découragé par ses lamentables expériences amoureuses, s'adonna à ses études avec l'acharnement qui procédait de sa déception. La poste ne fonctionnait plus, ou bien très rarement. Ses parents et sa sœur Adèle lui manquaient. Souvent, il rendait hommage, en pensée, à leur sagesse manifeste de ne point planter avant les beaux jours, et les imaginait, assis au coin du feu, établissant leurs projets pour le printemps. Il n'était pas en soucis pour eux. On n'avait jamais manqué de rien, à Rivay, grâce à leur travail acharné et à leur prévoyance ; et cette aisance était sans doute la cause de sa propre étourderie, car il avait été élevé sans la moindre crainte de l'avenir. Il le comprenait, à présent.

Ses pensées allaient aussi vers le curé Muguet qui l'avait si bien enseigné sans jamais l'accabler de reproches. Il savait que les siens ne le laisseraient pas dans la gêne, bien qu'ils fussent huguenots, et se feraient un amical devoir de le fournir en bois ou en victuailles, si ce n'était pas quelques espèces pour sa charité. Maître Apollinaire Morvandel, le notaire, empêché par la froidure, ne le conduisait certainement plus à l'évêché de Grenoble, et

Noël l'imaginait, faisant dès que possible ses visites charitables en dépit de son grand âge, et se privant pour qu'il n'y eût pas dans sa paroisse de plus pauvre que lui, ou bien trônant parmi ses vieux livres usés et son globe terrestre qui avaient ébloui tant et tant d'enfants du village. Assurément, il priait pour lui qui avait été l'élève chéri de ses vieux jours.

Au Collège royal, il se fit peu à peu des camarades, qu'il écoutait se vanter de conquêtes féminines et d'exploits équestres. Jamais il n'imaginait qu'il pût s'agir de fieffées vantardises, car il ne pratiquait le mensonge qu'en cas d'extrême nécessité. Il avait, d'ailleurs, avoué que ses parents n'étaient que paysans et, comme les bruits courent vite, on s'était pris à l'appeler, dans son dos, *Le Pagu*, raison pour laquelle on ne lui adressait guère la parole. N'empêche qu'il recueillait tous les suffrages de ses maîtres, qui prédisaient déjà aux plus fainéants qu'à la rentrée suivante, on verrait avec lui ce qu'est un vrai juriste en herbe. Cette bonne estime de ses professeurs, ses habits démodés et sa discrétion ordinaire le firent passer pour un prétentieux, qu'on suspectait de faire un bénéfice illicite sur les produits de la ferme de ses parents, lesquels devaient garder leur blé et leur farine pour en voir monter le cours.

Et pourtant, il n'en était rien. À Rivay comme à Grenoble, on savait se contenter de pain noir, et même se rationner, si nécessaire, de façon à ne pas insulter l'avenir, car le pire survenait lorsqu'on n'avait plus de pain du tout. Le pain représentait la base de l'alimentation, en Dauphiné comme dans toute l'Europe. Même si on devait se contenter d'un croûton desséché et rassis qu'il fallait tremper dans de l'eau teintée de vin, ou mastiquer durant une demi-heure, on gardait une certaine dignité. C'était lorsqu'on en était réduit à mendier à la sortie des églises qu'on atteignait le fond de la détresse. On commençait à voir, dans certains quartiers, s'installer la famine, avec son cortège d'enfants hâves, de visages osseux, et de ce sourire si particulier à ceux qui n'ont plus longtemps à vivre.

L'hiver, après s'être d'abord montré clément, s'était abattu sur la ville avec férocité. Même chez Miette, on commença à maigrir, malgré les appuis de l'oncle Antoine et ses relations à la caserne. Le pain était devenu, plus qu'un aliment, un souci quotidien, et son prix, un sujet ordinaire de conversation. Noël, pour sa part, en faisait une épargne bien particulière : son père, le Fernand, qui avait couru tous les chemins du pays dans sa jeunesse, lui avait dit et répété qu'il convenait de garder toujours dans la poche de sa blouse un morceau de pain sec pour faire face aux fringales, et un marron pour éviter le mal de dents. En fils attentif et docile, il avait suivi ce conseil et s'en trouvait fort bien, car il pouvait sourire sans honte de ses belles dents blanches. Pourtant, à quoi cela pouvait-il bien lui être utile de sourire joliment, puisqu'il ne plaisait pas aux filles ? Parfois, à la sortie du Collège, il souriait aux mères ou aux sœurs de ses condisciples, mais jamais aucune ne lui répondait par un regard complice ou amical. Désespérant de lui-même, il se réfugiait dans ses études. Après son déjeuner, il ne pouvait plus dessiner, car la neige le disputait à la pluie. Alors, il allait par les rues, sans oublier la rue Montorge, en se récitant ses leçons à voix basse.

Un soir, au retour de sa promenade quotidienne, il fut accueilli par sa tante qui l'attendait avec impatience. Elle avait reçu la visite de madame Raby-Sainte-Luce, venue choisir des gants, et aussi lui proposer de faire l'acquisition du portrait de *La fille à l'aiguière*, qu'elle comptait faire encadrer pour l'exposer dans son salon. Comment cette riche dame avait-elle retrouvé sa trace ? Ils ne le surent jamais[1]. Quoi qu'il en fût, Miette avait mis en œuvre tout son savoir-faire commercial, jusqu'à obtenir du dessin cinquante francs, en faisant valoir des mensonges éhontés selon lesquels son neveu recevait de nombreuses demandes. Elle avait promis que l'artiste le porterait en personne à la place Grenette, et accepterait de faire de la dame un dessin de la même eau. Miette était toute guillerette de cet événement, qui semblait lui faire chaud au cœur.

— T'imaginais-tu, Noël ? Te voilà lancé dans une carrière d'artiste, alors que tes études de juriste n'ont même pas commencé. Et, de plus, dans les plus riches salons de la ville ! Nous devons écrire tout ça à ta famille au plus vite.

Miette semblait déborder d'enthousiasme, ce qui toucha Noël, car depuis quelque temps, il lui trouvait peu d'entrain et elle paraissait se forcer à une bonne humeur qui, auparavant, lui était toute naturelle.

— Et même, rajouta-t-elle, je jurerais que tu lui as tapé dans l'œil.

— À qui ? À madame Raby ? Tu deviens folle ! Elle a au moins trente ans.

— Non, je ne suis pas fada. Je connais les femmes, puisque j'en suis une.

— Justement ! Les femmes, comme les filles, je ne leur plais pas. En tout cas, avant qu'elles soient mères-grand.

— Que me chantes-tu là ? Tu es grand ; tu es beau ; tu as de la conversation. Tu as tout pour plaire, d'autant plus que tu es artiste.

— Ah bah ! Tu dis cela parce que je suis ton neveu et que tu m'aimes bien. Mais moi, je sais par expérience que les filles, elles sont toujours pour les autres.

---

[1] Grenoble comptait alors environ 20 000 habitants.

— Mais de quelles filles parles-tu ?

— D'Ernestine, pour commencer. Trois mois bientôt que je la raccompagne chez elle en me cassant la tête pour tenter de lui faire la conversation, et pas un mot aimable de sa part. Rien ! Si bien que maintenant, je ne me donne plus ce mal, et j'attends même avec impatience la fin de son instruction.

— Ernestine, dis-tu ? C'est une jolie fille. Assieds-toi donc, mon Noël. Nous allons tenter de comprendre, et je crois que ce ne sera pas si difficile.

Surpris par tant d'assurance, Noël s'installa et ouvrit toutes grandes ses oreilles. On allait enfin aborder un sujet plus pratique que la géométrie ou la théologie !

— Aurais-tu pensé, mon neveu, que cette demoiselle vit seule avec sa mère en n'attendant que tes avances, lorsque tu n'es pas là ? Non, n'est-ce pas ? Dès son premier jour à la ganterie, il n'a pas échappé aux autres ouvrières que tu la *regardais joli*. Alors, tous les matins, elle doit subir les allusions des autres femmes, qui la questionnent pour savoir si tu t'es déclaré et où en est votre romance. Car, vois-tu, ces guilledous et ces prétentaines les amusent ; je dirais même : les passionnent. Et cela pour une raison toute simple : la jalousie.

— Comment ça, la jalousie ? La plupart d'entre elles sont mariées, ou bien *fréquentent* déjà.

— Raison de plus à leur jalousie ! Si tu étais laid, contrefait ou déplaisant, elles ne se soucieraient pas de tes amours. Mais comme ce n'est pas le cas, toute la matinée, elles accablent cette pauvre Ernestine de questions, de moqueries ou d'allusions perfides sur sa vertu ou son innocence.

— Elles n'ont donc rien d'autre à faire ?

— Et vous, les gars ? Avez-vous d'autres sujets de conversation que les femmes ?

— Parfaitement ! Les hommes parlent aussi de chevaux, de voiture ou de politique.

— Et si les femmes n'abordent pas ces sujets, c'est qu'on les leur interdit. Mais c'est bien égal. Et lorsque cette pauvre Ernestine a subi toute sa matinée les lazzis de ses congénères, et que tu te présentes pour la raccompagner chez elle, elle n'a plus qu'une idée en tête : ne pas passer pour une fille facile qui cherche à séduire le neveu de la patronne et elle fait sa mijaurée, alors qu'elle ne l'est pas ; enfin, pas plus qu'une autre. Et cette crainte que tu la voies comme facile la rend revêche. Comprends-tu ?

— Difficilement. Tout ça est logique, lorsque c'est toi qui le démontres, mais enfin… qu'en a-t-elle à braire, de ce que vont penser les autres ? Ne peut-on pas se conduire tout simplement en bons camarades ?

— Eh bien, non, vois-tu ? Justement, en raison de ta propre apparence. Si tu étais laid ou, du moins, disgracieux, ce serait possible. Mais tu ne l'es pas. Alors, avec un gars tel que toi, aucune ne croirait à cette amitié toute simple, parce qu'elles, elles ne s'en contenteraient pas.

— En somme, selon toi, nous serions tous esclaves de notre apparence ?

— Je le crois volontiers, et même je l'affirme. Tu pourrais en parler avec ton oncle Antoine. C'est un sujet qu'il connaît par le menu, à cause de…

— … de sa petite taille ? Mais c'est une ânerie ! La taille ne fait pas la valeur ou l'intelligence d'un homme !

— Tu parles comme ça parce que tu le connais depuis toujours, et tu as bien raison. Mais lorsqu'on le rencontre pour la première fois, on voit un petit homme, je le sais ; et il le sait aussi. Même moi, qui devais devenir son épouse, j'en ai ri, au début. Mais dès notre deuxième rencontre, j'ai vu l'éclat de ses yeux, le charme de sa voix, sa finesse d'esprit, sa tolérance, son autorité bienveillante, et j'ai oublié le reste, en jugeant au-delà de l'apparence. Vois-tu, puisque nous en sommes aux confidences, depuis bientôt vingt ans que nous sommes mari et femme, même si la passion des premiers temps s'est éteinte, j'affirme que pas un seul jour, je n'ai regretté de lui avoir accordé ma main.

— C'est beau, ce que tu dis là, et il est bien rare d'entendre une épouse dire aussi sincèrement du bien de son homme.

— Pourtant, lorsqu'il a commencé à me chercher, ton oncle Bertrand s'est opposé à notre union, à cause de sa taille, justement. Bertrand, il est homme soucieux des apparences, et c'est sans doute la raison pour laquelle il est resté *vieux gars* ; et puis il se croyait représentant de Garofa.

— Garofa ?

— L'homme qui m'a élevée, à Toulon. Tu ne l'as pas connu. Heureusement, ton oncle Bertrand a vite su rectifier son jugement sur Antoine, qui sait si bien se faire apprécier de tout le monde.

Ils parlèrent ainsi de leurs souvenirs et de tous les membres de leur famille. C'était la première fois que Miette s'adressait à son neveu non comme on le fait à un enfant, mais comme à un jeune homme digne de confidences, et il en fut très fier. Finalement, elle lui remit les cinquante francs payés d'avance par madame Raby, et quand la nuit fut tombée, il se sentit bien honoré de cette leçon sur les rapports humains. Il n'avait pas osé dire un seul mot de sa mésaventure avec Dix-sous, dans laquelle il avait été humilié jusqu'au ridicule. À cette fille ingrate et mal embouchée, il eût pu tenir rancune. Mais ses formes généreuses lui revenaient en mémoire sitôt qu'il fermait ses yeux pour dormir, prononçant un tendre plaidoyer en faveur de l'accusée qui se voyait vite acquittée de sa méchanceté.

Le lendemain après-midi, poussé par son oncle et sa tante, il partit se présenter à la place Grenette pour y porter sa *Fille à l'aiguière.* Il y fut reçu par la même servante à l'œil froid, qui avait toujours la mine stricte de celle qui sait tous les secrets sans jamais les dévoiler à quiconque. Elle l'invita à prendre patience dans un petit salon jusqu'à l'arrivée de la maîtresse de maison, qui ne tarda pas, toujours aussi élégante et bien apprêtée. Elle reçut le portrait avec un plaisir manifeste, lui en fit encore maints compliments, et alors qu'il se disposait à prendre congé, le retint délicatement par le bras, comme on le fait à un ami très cher, s'assurant qu'il avait été payé selon les accords sur le prix de son travail, et surtout pour lui rappeler qu'il était convenu, entre eux deux, qu'il ferait son portrait à elle, ce qui n'était pas l'exacte vérité, mais il n'était pas courtois de contredire cette riche dame. Du reste, il la trouvait plutôt charmante, et jugeait que les premières rides qui se dessinaient aux coins de ses yeux et de ses lèvres lui conféraient du caractère. Son cou, gracile et tendre, lui donnait un port de tête admirable. En outre, elle maîtrisait un art consommé de la roucoulade, dont Noël se demandait déjà comment le rendre sur un dessin. Elle n'avait contre elle que l'excès de bijoux qui nuisait à sa nature qu'on pouvait deviner beaucoup plus simple. En un mot, il n'eut pas à mentir pour déclarer qu'il se ferait un plaisir de répondre à son invitation. On convint alors de la date.

À ce sujet, madame Raby eût préféré le matin, sans doute pour des raisons proprement féminines de coquetterie. Noël devait, pour sa part, se rendre au Collège royal jusqu'à midi, mais on finit par tomber d'accord pour deux séances de pose au début février.

Le jour dit, il s'était mis en grande toilette, avait acheté chez monsieur Ferrari deux grands carnets de cinq feuillets, et encore, soucieux de ne pas arriver les mains vides, s'était procuré à grand-peine un bouquet de fleurs. Il n'avait trouvé que des chrysanthèmes, mais comme il travaillait au crayon, et qu'il comptait les faire figurer sur le portrait, leur connotation funèbre était de peu d'importance.

Il fut à l'heure, par un temps gris, et reçu par l'habituelle servante au visage inexpressif. Elle le conduisit dans un petit salon bien chauffé, où la riche dame vint le rejoindre. Elle sentait bon et lui tendit sa main à baiser, mais c'était là une bonne manière dont il n'était pas coutumier. Elle lui déclara avoir fait choix de ce petit boudoir, car on s'y trouvait bien au chaud. Elle accepta les fleurs sans façon, mais Noël dut lui préciser qu'elles étaient destinées au portrait, et non à la décoration de la salle. Il porta son attention sur la lumière et prit sur lui de tourner quelque peu le divan qui ornait la pièce, avant de se dire satisfait.

La dame, fort souriante, déclara alors qu'elle se tenait aux ordres du maître, en lui offrant un de ces petits rires perlés dont elle avait le secret. D'autorité, elle se défit du châle en dentelles qui couvrait ses épaules, et le maître en question osa la prier d'en découvrir une un peu plus généreusement, car elles étaient menues et d'une belle rondeur, ce qu'elle accepta sans manière, jusqu'à exposer la naissance des seins. Puis il la pria de s'asseoir, de s'accouder à l'accotoir[1], lui mit dans les bras le bouquet de chrysanthèmes, et la séance put débuter.

Si l'artiste était bien à son affaire dans son dessin, madame Raby l'était, elle, dans le babillage et la conversation. Il eût été fort discourtois de la prier de se taire ou, au moins, de garder son visage immobile, ce qui ne s'improvise pas. Noël finit par décider qu'il ne tracerait que les contours de ce joli visage, et concentrerait son étude sur le bouquet de chrysanthèmes, qui n'attendrait pas la séance suivante sans se faner. Elle parlait, et

[1] Accotoir : ancien nom de l'accoudoir.

parlait encore, lui posant des questions innombrables sur sa vie et sur ses ambitions, s'essayant à divers sujets pour trouver celui qui retenait son intérêt, poussant des cris d'enthousiasme en apprenant qu'il était d'origine campagnarde[1] et abandonnant, peu à peu, les propos convenus d'une femme riche, mais bien seule. Ayant fini par apprendre qu'il se prénommait Noël, elle se prit à le tutoyer, ce qui n'avait rien d'offusquant, vu l'écart de leurs âges. Elle conta longuement ses propres origines lyonnaises et les charmes de la place Bellecour, tout en disant du bien de Grenoble, s'approchant de lui lorsqu'elle souhaitait faire une petite pause pour l'inonder de son parfum par-dessus son épaule et, finalement, l'invitant à l'appeler aussi par son petit nom d'Aimée-Chantale.

En définitive, la séance se conclut par l'arrivée de la cousine Françoise, fort heureuse de retrouver *Monsieur Quiquenet*, et ce furent ces deux complices qui le raccompagnèrent en personne à la porte, sous l'œil attentif et froid de la servante impassible.

Noël ressortit dans le gris du soir, le cœur en fête ; allez savoir pourquoi ! Sans doute était-il heureux d'avoir été reçu avec tant d'amitié, d'avoir été le confident d'un instant d'une si jolie femme et de n'avoir pas été méprisé pour ses origines paysannes.

À trois reprises, il se retourna vers les fenêtres du grand immeuble qui s'éclairaient. Mais il ne vit personne pour lui faire signe.

Pour cette fois encore, il avait été traité en homme, alors qu'il n'en était pas encore un. Et pas par n'importe qui !

C'était évidemment la cause de sa gaieté.

---

[1] La vie agricole était fort à la mode dans le beau monde, à cette époque. Même la Reine Marie-Antoinette s'était fait bâtir à grands frais une ferme au Petit Trianon, pour y jouer à la fermière.

Chapitre VII

Comme chacun peut s'y attendre, la seconde séance de pose se conclut par un événement formidable, qui fit trembler le monde de Noël sur ses assises. Aimée-Chantale, s'étant approchée de lui pour apprécier le résultat final de son œuvre, voulut embrasser l'artiste en témoignage de son admiration, mais elle ne le laissa pas et lui demanda, à voix basse, de la garder dans ses bras. La suite ne fut que la répétition de ce qui se produit depuis toujours entre hommes et femmes lorsqu'ils se plaisent. Noël, d'abord intrigué par cette situation nouvelle, sentit naître en lui une énergie séculaire, remontant du fond des âges, et dans laquelle il se découvrit un savoir-faire certes élémentaire, mais que la compétence de la dame sut tempérer au point de le rendre efficient.

Le divan en fit les frais à plusieurs reprises et lorsqu'ils émergèrent de l'onde de cet océan de plaisir, ce fut comme si se levait en lui une aube nouvelle, celle du premier jour de sa vie d'homme véritable. Lorsque la dame entreprit de remettre de l'ordre dans sa toilette pour sonner la fin de la joute amoureuse, elle était aussi triomphante que lui, mais savait ne rien en laisser paraître. Ce ne fut qu'à cet instant, où il reposait les pieds sur terre, qu'il se souvint qu'il avait affaire à une femme mariée et s'en inquiéta, alors qu'Aimée-Chantale mettait de l'ordre dans ses cheveux face à un petit miroir qui surplombait un bonheur-du-jour[1] du meilleur style.

Bonheur-du-jour

— Ton mari… commença-t-il dans son dos, sans savoir comment finir sa phrase.

— Ne te soucie pas de mon mari ! Voilà bien des années qu'il ne se préoccupe plus de son épouse. En revanche, il est fort à cheval sur ses apparences et soucieux du *qu'en-dira-t-on.* C'est pourquoi je te recommande vivement, je te supplie, même, de t'abstenir de faire état devant quiconque de notre petite aventure, car cela le mettrait en colère, et c'est un homme qui saurait être redoutable dans la rancune, lorsqu'il sera de retour, d'ici une huitaine. S'il se moque éperdument de ce que je peux faire en son absence, il accorde la plus grande importance à ce qu'on dit de lui qui, pourtant, ne se gêne pas pour entretenir ses perruches.

— Des perruches ?

— De petites filles d'Afrique qu'il prélève sur ses chargements d'esclaves, et qu'on lui réserve à chacune de ses livraisons aux Antilles, si elles sont d'une particulière beauté. Ce n'est pas un secret. Chacun le sait, mais nul n'ose en faire état à voix haute.

— Mais c'est horrible ! Et criminel, assurément !

---

[1] Un bonheur-du-jour était une sorte de petit secrétaire servant d'écritoire pour les dames. Il comportait généralement des tiroirs dissimulés où elles cachaient de petits secrets et, surtout, des lettres d'amour qu'elles pouvaient relire dans la solitude, d'où son nom.

— Je le sais bien. Mais qu'y puis-je ? Je ne suis qu'une femme, et c'est lui qui détient notre fortune, avec le pouvoir d'en user comme bon lui semble.

Un discret claquement dans un tiroir de l'écritoire, et la dame plongea sa ravissante main au fond d'une cache secrète, pour en sortir trois louis d'or, avant de se retourner.

— Voici le prix de ton art, mon chéri.

— Tu plaisantes ! Je ne veux pas te faire payer le moindre liard pour un portrait qui m'a valu tant de joie.

— Je pensais bien que tu aurais cette réaction. Mais réfléchis un peu. Que pensera Eugène Raby, s'il apprend que je n'ai pas payé ce portrait ? Et que répondrai-je à tous ceux qui voudront en connaître le prix ? Que je t'ai payé en nature, au su de tout le monde ? On jasera. Et d'ailleurs, c'est ton intérêt, car tu auras sans doute de nouvelles demandes, rien que pour nous imiter. C'est ainsi, dans notre beau monde. Accepte donc, sinon je penserai que tu me prends pour une fille facile. Je t'en conjure.

Bien que trouvant ce propos détestable, Noël fut bien forcé d'accepter ce marché, lorsque la belle dame força sa main pour y glisser les trois louis d'or, tout en lui caressant la joue avec une tendresse émouvante. Aimée-Chantale lui promit encore de lui adresser un carton d'invitation pour un prochain dîner qu'elle donnerait pour fêter le retour de son époux, et qui serait l'occasion de le présenter à des personnes de qualité. Puis, après un dernier baiser, elle reprit sa distance hautaine pour tirer sur le cordon qui commandait la servante. Cette dernière, à la tenue toujours aussi inexpressive, n'eut pas le moindre regard entendu, ni en le raccompagnant à la porte du grand immeuble ni en lui souhaitant le bonsoir.

Il ressortit triomphant, autant que s'il eût été le premier au monde à faire une conquête. Il en eût dansé de joie sous la pluie ! Mais en approchant de la ganterie, il dut se composer, avec bien des efforts, un faciès plus neutre, puisqu'il avait promis de se taire sur cet événement capital qui changeait la face du monde. La Tante Miette ne manqua pas de l'interroger sur la cause de son retard, et il lui fallut se retenir pour ne pas dire trop de bien d'Aimée-Chantale. Pour se défausser, il argua qu'il recevrait bientôt une invitation à dîner dans le beau monde et ne parla que vaguement des émoluments qu'il avait reçus en espèces, sans un mot sur ceux qu'il avait perçus en nature. Il s'adressait à sa tante qui l'écoutait avec admiration, mais n'osait pas fixer son oncle Antoine, dont il craignait le jugement et la perspicacité.

— Mon garçon ! commença ce dernier, et il y avait à craindre, lorsqu'il usait de ce vocable, des reproches ou une cuisante leçon de morale.

Pensant que son oncle qui avait, lui aussi, été jeune homme était bien capable d'avoir tout deviné, il baissa les yeux pour se dispenser de croiser le regard de son juge. Mais lorsqu'il parvint à les relever, il lut dans cet œil pétillant de malice une bienveillance un peu paillarde, comme un signe de camaraderie complice. Il rougit, ce qui ajouta encore à sa confusion et à son aveu muet.

— Mon garçon, reprit-il, je crois comprendre, à travers tes propos, que te voici désormais du monde des hommes, et pas des moindres. Je pensais que nous aurions encore quelques années à te voir grandir, mais tu as toujours été précoce. Alors, écoute-moi bien, si tu acceptes d'accorder quelque crédit aux sentences de ton vieil oncle. Ces gens, que tu as commencé à fréquenter, peuvent t'être utiles, il est vrai, et tu devras t'en faire apprécier, si tu veux faire carrière dans le dessin ou dans tout autre domaine. Mais il te faudra faire preuve d'une extrême prudence et d'une duplicité au moins égale à la leur, car ce sont des faisans. Or, tu es encore bien jeune pour affronter tant d'ambitions et tant de vanité. Ils sont atteints, vois-tu, d'un mal sournois et incurable : le mal d'argent. L'argent, la plupart de nos semblables en manque, surtout dans les temps actuels où la pauvreté se répand. Tous ces pauvres impécunieux souffrent du froid, de la faim, cruautés pour lesquelles on leur doit des secours, naturellement. Mais avant tout, ils souffrent tous, peu ou prou, de la honte que leur vaut leur état de pauvreté, et ce mal est plus pernicieux encore que la faim ou le froid. Tu peux leur offrir du pain ou un riche manteau confortable, ça ne les guérira pas. Ils voudront un pain plus gros, un second manteau pour l'été, puis une brouette, une charrette, un âne pour la tirer, puis un mulet, un cheval, et bientôt une voiture, puis un carrosse, dont ils n'ont nulle utilité, sinon d'éblouir ceux qui sont plus pauvres qu'eux. C'est là une première forme du mal d'argent, qui frappe ceux qui ont connu le besoin, la nécessité, et ne les lâche plus. De ceux-là, tu devras te méfier, car, quelles que soient leurs allégations, ils en voudront à ton bien. C'est un cas facile à comprendre. Et si, comme cela se produit rarement, tu en trouves un qui a su rester sincère, fais-t'en un ami tout en restant méfiant, car un jour ou l'autre, il risque de te poignarder dans le dos. Une autre forme du mal d'argent est celle qui atteint les riches. La fortune leur sert à édicter leur supériorité comme un principe, et nul ne cherche à les détromper, pour des raisons parfaitement similaires à celles des pauvres. Auprès d'eux, le vulgaire se sent indigent, et lui porte, du coup, une admiration sans limites. La difficulté vient alors de la nature factice de cette prétendue supériorité. Généralement, elle ne convainc que l'entourage, et non pas leur propre sentiment. Il leur faut alors de plus en plus d'argent pour se rassurer, et c'est ainsi que naissent les tyrans. Bientôt, la fortune ne suffit plus pour se convaincre. Il leur faut aussi dominer leurs semblables, au point de se croire tout permis, et dispensés de toute morale, tout-puissants jusqu'à croire en eux-mêmes comme l'on croit en Dieu. Ils entraînent leurs admirateurs dans ce délire, avec les excès abjects, et ne supportent plus que les flatteries de leurs courtisans, dont ils font des esclaves soumis et pitoyables. Il te faudra une force d'âme sans égale pour résister à cette fascination presque unanime, qui ne conduit qu'à la ruine de l'âme.

C'est pourquoi, si tu dois fréquenter ce genre de personnes, je t'en conjure, mon garçon, n'écoute pas leurs sirènes dorées, et comme on dit chez nous : *mefia-té* ! Cet Eugène Raby, qui te recevra princièrement, fait partie de ce monde dangereux et criminel. C'est un homme qui a bâti son immense fortune sur la vente des esclaves, sans honte et sans pitié pour ces pauvres gens. Je ne parle même pas d'une simple miséricorde…

— On dit pourtant que ces esclaves noirs ne font pas partie du genre humain.

— On dit ! On dit ! Qui profère cet horrible jugement ? Ceux qui les exploitent. Moi, j'en ai vu, lorsque j'ai fait campagne en Afrique, et je peux te jurer qu'ils sont faits de la même chair et du même sang que nous. On voit chez eux la même désespérance, les mêmes peurs, les mêmes souffrances que les nôtres. Et d'ailleurs, pourquoi les baptise-t-on ? Et pourquoi, dans le commerce charnel, enfantent-ils des petits semblables aux nôtres ? Ce sont des hommes et des femmes comme nous, seulement victimes de la rapacité humaine et du manque de cœur des riches négriers[1], comme Raby. En veux-tu un exemple ? Il y a de ça trois années, un capitaine de ses vaisseaux négriers avait à son bord une esclave très belle. Il a exigé qu'elle dansât nue devant l'équipage, pour leur divertissement et le sien. Cette fille qui avait surement de nobles origines s'est refusée à cette humiliation et s'est débattue de toutes ses forces. Alors, le

[1] En cette fin du XVIIIe siècle, cette opinion devenait majoritaire en France, malgré la lutte constante des exploitants d'esclaves.

capitaine la fit pendre nue par un pied à une vergue, et ce durant trois jours, le temps qu'elle a mis à mourir.

— Mais c'est ignoble ! A-t-il, au moins, été jugé et condamné ?

— Oui, bien sûr, car tout finit toujours par se savoir ! Il fut condamné pour avoir privé son armateur d'un bien qui valait une petite fortune. Il a dû le dédommager, mais commande encore un navire, à cette heure[1].

— Quelle pitié !

— Eh oui, mon garçon ! Voilà le genre de citoyen que tu t'apprêtes à côtoyer. Ne baisse pas ainsi le nez, je t'en prie. Il est vrai que je n'apprécie pas cet Eugène Raby ni ses semblables, et que je n'en aurais pas de regret si, un jour, je devais quitter Grenoble.

L'oncle Antoine eut un instant d'hésitation, comme si le mot lui avait échappé.

— Pour ta renommée future, il te faudra bien les fréquenter, mais n'oublie jamais qu'ils estiment tout en termes d'argent. L'amitié, l'amour, la grandeur d'âme sont des notions qui leur sont étrangères. Toute leur estime s'évalue en pièces d'or, et rien d'autre. Tu as accepté de faire un portrait pour un louis. C'est parfait, et sans doute mérité. Mais tu aurais dû en exiger trois, pour le moins.

Noël retrouva alors le sourire.

— Tu parles comme mon père, qui dit toujours que celui qui peut manger à sa faim et dormir au chaud est un homme riche.

— Ton père est un sage.

— Je retiendrai ta leçon, Oncle Antoine, et je me la tiendrai pour dite.

---

[1] Histoire véridique !

— Il me reste à rajouter que l'amour de l'argent fait vieillir les femmes prématurément. Voilà, c'est tout ; et c'est déjà beaucoup.

— C'est beaucoup, en effet, et je le saurai. Merci de tes conseils, Oncle Antoine.

À la vérité, Noël n'avait écouté ce sage discours que d'une oreille ; et encore était-elle distraite, son esprit se trouvant encore embué par le parfum de la peau soyeuse d'Aimée-Chantale et du sentiment de triomphe qu'il ressentait encore.

Le carton d'invitation ne tarda pas à lui parvenir. Au jour dit, Noël s'était fait raser de près, couper les cheveux au plus juste pour se mettre sur son trente et un, heureux de revoir celle avec qui il avait partagé ce moment de bonheur si exceptionnel.

— Bonsoir, Monsieur Guiguenet, lui dit la servante majordome en l'appelant pour la première fois par son nom, sans se départir de sa distance offusquée, avant de le conduire dans un salon déjà fort encombré d'invités, où l'on pouvait voir, comme en majesté, son portrait de *La femme aux chrysanthèmes* dans un cadre doré, placé en pleine lumière.

Au centre de la pièce trônait Eugène Raby, entouré de courtisans aux sourires figés et hypocrites. À l'arrivée de ce nouveau convive, il abandonna sa conversation pour se tourner vers lui, imité servilement par ses interlocuteurs.

Depuis des années, Noël étudiait les visages, et principalement les regards, dans l'espoir de découvrir le secret qui permet de transcrire sur un papier le fond de l'âme d'un sujet. Mais l'œil de cet homme était proprement insaisissable. Il s'y mêlait la fixité d'un oiseau de proie à la douceur amicale de celui d'un chien docile et affectueux. Eugène Raby le fixa un peu trop longuement, avec un sourire bienveillant en apparence, avant de lui tendre la main pour la serrer un peu trop fort et trop longuement. Il n'en fallut pas plus pour que Noël se sentît mal à l'aise.

— Nous nous connaissons, mon jeune ami. Nous nous sommes rencontrés sur les bords de l'Isère, si je ne me trompe. Et vous avez réalisé un superbe portrait de mon épouse.

L'entourage du maître de maison fit chorus pour féliciter l'artiste avec le même visage admiratif et manifestement hypocrite. Malgré tout, devant le grand sourire étalé entre les favoris du maître de maison, Noël n'eut guère de peine à recevoir les salutations de son hôte, en tout cas pas autant qu'il ne l'avait craint. On l'entoura, on se pressa autour de lui comme s'il eût été un grand. Eugène Raby se permit de le prendre délicatement par la manche pour l'isoler de ses admirateurs et l'entraîner vers un homme qui portait perruque à l'ancienne, interrompant sa conversation sans la moindre gêne.

— Permettez que je vous présente, Monsieur le Président, l'auteur de ce portrait de mon épouse : Noël Guiguenet, un futur grand portraitiste dauphinois. En tant que président du Parlement dauphinois, j'ai pensé qu'il vous faudrait le connaître et le remarquer.

L'homme, bien que dérangé, prit un air de complicité convenue, avant d'adresser à Noël un compliment bien peu sincère, puis de s'éloigner en compagnie de son hôte, avec des airs de conspirateur, suivi par leurs cireurs de bottes.

Alors que Noël restait seul, une voix de violoncelle lui glissa dans le dos :

— Vous voilà lancé, jeune homme. Et il est bien vrai que ce portrait de notre hôtesse a de la substance, surtout le bouquet. Dans quelle école avez-vous appris à si bien dessiner ?

Cet homme ne semblait pas de la trempe des courtisans. Il paraissait, au contraire, sincère et franc, dégageant une plaisante aménité, et la sympathie fut immédiate entre ces deux convives.

Noël s'empressa de préciser l'histoire de sa jeune vie, qui devait le conduire à étudier bientôt le droit.

— Je me présente à mon tour : je suis Antoine-Pierre-Joseph-Marie Barnave, avocat au barreau de Grenoble et conseiller au Parlement du Dauphiné, sous la présidence d'Albert de Bérulle, que vous venez de saluer. Ainsi, vous vous préparez à étudier le droit ? Peut-être serez-vous sous peu mon confrère ? À moins que vous ne vous destiniez à la magistrature…

Maître Antoine-Pierre Barnave

Tout au long de la grande table du buffet, dans le brouhaha des conversations, Aimée-Chantale se dépensait en gracieusetés mondaines, ne semblant prêter aucune attention à son jeune convive. Tout au plus avait-elle, parfois, un petit signe de la main pour lui ou pour maître Barnave qui répondait par un hochement de tête entendu.

L'avocat poursuivit son questionnaire sur les projets du jeune écolier. Comptait-il devenir avocat ? Ou bien procureur du Roy, ou encore juge au tribunal de Grenoble ? Et comme il lui donnait les éléments pour affiner sa réponse, Noël opta a priori pour le métier d'avocat, car le rôle d'accusateur ne lui plaisait pas, pas mieux que celui qui consistait à juger les autres, même s'ils s'étaient montrés coupables.

— Vous voilà donc destiné à vous faire avocat, conclut maître Barnave en riant, avant de disserter sur ce métier qu'il avait choisi, lui aussi, faute de mieux, afin de pouvoir épouser une jeune fille de bonne famille.

La conversation prit ainsi une tournure plaisante, si bien que, à l'heure de se mettre à table, ils étaient devenus complices, et l'avocat, profitant du désordre de la foule, inversa subrepticement des cartons fleuris qui désignaient leurs places aux convives, en précisant d'un air entendu qu'il préférait manger en compagnie du jeune homme qu'au côté de certains fâcheux qu'il n'appréciait pas. Ils se retrouvèrent donc au bout de la table, et en bonne compagnie.

Naturellement, la conversation tourna vite sur la politique, et le sujet imposé porta sur les grandes difficultés financières du royaume de France qui, à peine s'était-il remis des pertes exceptionnelles engagées sous Louis XIV, se voyait de nouveau ruiné, et encore plus gravement, par les campagnes que l'on avait menées aux Amériques. Le Roy Louis XVI, dans l'espoir de retrouver ses anciennes colonies, s'était endetté jusqu'au cou et avait dépensé des fortunes considérables pour aider les Américains à se défaire de la tutelle anglaise[1]. Mais ce fut un échec, puisque la France n'avait retrouvé que certaines îles des Antilles, les Américains ayant proclamé leur indépendance. Au moins s'était-on bien vengé de l'Angleterre ! Mais le royaume de France frôlait la banqueroute, car plus aucun État ne consentait à lui prêter de l'argent. On prévoyait donc que le Roy Louis XVI tenterait d'augmenter encore les impôts, et d'en créer de nouveaux. Dans cette perspective, pensait-on, il serait bien contraint de réunir les États Généraux[2], et on glosait déjà sur les réformes qu'on exigerait de Sa Majesté en échange de cet inévitable sacrifice financier. De l'avis général, on devrait en arriver à faire porter le poids de l'impôt sur la noblesse et le clergé, qui en avaient été dispensés jusqu'alors. Nobles et gens d'Église semblaient prêts à accepter, avec résignation, ce sacrifice imposé par la gravité de la situation financière. Quant au tiers

[1] Ces guerres d'indépendance valurent au marquis de Lafayette et à la France une grande renommée en Amérique.

[2] Assemblée régionale ou nationale réunissant le clergé, la noblesse et le tiers État.

État, on devrait augmenter, doubler même, sa représentation dans les États du Dauphiné. Dans ces conditions, on pouvait espérer sortir le Royaume, cette fois encore, de cette crise gravissime.

Noël écoutait ces commentaires avec intérêt, mais sans avoir d'expérience suffisante pour émettre une opinion. Régulièrement, il observait monsieur Raby, sans pouvoir lire dans ses yeux ; mais plus souvent encore, il admirait Aimée-Chantale et l'art qu'elle possédait d'écouter ses interlocuteurs avec une passion bien peu convaincante.

Le repas était copieux : après des feuilletés et des pâtés, des lavarets en papillotes, puis des cailles au raisin, en plein début du printemps, et du civet de lièvre. Le tout était arrosé de vins à la robe magnifique, dans lesquels Noël osait à peine tremper ses lèvres. Enfin, on offrit du vin de Champagne et des liqueurs, et cette abondance ne semblait déranger personne. C'est pourquoi il restait prudemment dans l'ombre de Barnave qui ne donnait pas sa part aux chiens.

Ils repartirent ensemble, et restèrent encore longtemps à deviser dans le clair de lune. Maître Barnave le laissa entrevoir que, s'il persistait dans son intention de se faire avocat, il le prendrait comme stagiaire dans son cabinet de la rue Pérolerie.

Ils se quittèrent enfin, comme les meilleurs amis du monde.

Chapitre XVII

Lentement, au fil des jours, l'hiver laissa sa place à un printemps aussi variable qu'il est dans sa nature. Noël était fort occupé. En sus de ses leçons au Collège, il était souvent mandé pour un portrait, sur la recommandation d'Aimée-Chantale ou de sa cousine Françoise. Aux premiers beaux jours, Eugène Raby repartit en voyage, cette fois pour Bordeaux, et ce fut l'occasion, pour son épouse délaissée, de connaître un rien de liberté. Cependant, pour son jeune amant, le cœur n'y était plus. Inconstant comme on sait l'être à cet âge, il ne retrouvait plus dans ses bras le sentiment de conquête et de triomphe qu'il avait éprouvé lors de leur premier soir. Par bonheur, il était d'un âge où l'homme fait feu de tout bois.

Une semaine sur trois, il participait au salon artistique pour retrouver les familiers de la dame, et réaliser de tristes natures mortes de fleurs ou de fruits, sous la direction de maître Diodore qu'il avait appris à supporter. On n'y voyait plus de sujet nu, une fois seulement un athlète prétentieux et parfois une fille déguisée en Diane chasseresse ou en Philis de la Charce[1], sujets d'une

[1] Philis (ou Philippe) de la Charce fut une jeune noble dauphinoise qui s'est couverte de gloire dans la lutte contre le duché de Savoie de Victor-Emmanuel III. Nombre de prénoms, en ce temps, étaient *épicènes*, c'est-à-dire attribués aussi bien à un garçon qu'à une fille : Anne, Marie, Philippe, Alix, Thérèse, Geneviève et bien d'autres…

affligeante banalité, qui n'avaient pour vertu que de réveiller la nostalgie de Dix-sous et de sa nudité d'autant plus troublante qu'elle était interdite.

Régulièrement, il partait rendre visite à maître Antoine Barnave, qui lui apprenait comment se comporter dans le monde si l'on voulait y faire carrière et l'initiait à l'esprit des lois. Parfois, il l'autorisait même à assister à un entretien privé avec un de ses clients, et parlait toujours de lui apprendre à monter un des chevaux qu'il entretenait dans un petit domaine à Saint-Égrève. Noël avait fait le portrait de son épouse, de ses enfants, et même de sa servante Grillette, qui n'était pas belle, mais qu'il trouvait amusante avec son nez tordu.

Le terme de sa première année d'études approchait, et il n'était guère inquiet à l'approche de son examen, car ses notes étaient excellentes. On le saluait aussi de plus en plus souvent dans la rue : des membres du club de dessin de madame Raby, des professeurs au Collège royal, et d'autres qu'il ne reconnaissait pas toujours. Il avait même croisé une fois, sous la pluie, le curé de son village, Simon Muguet, en compagnie du notaire Apollinaire Morvandel, s'apprêtant tous deux à retourner au pays après un passage à l'évêché de Grenoble. Cette rencontre fortuite lui fit mesurer le chemin qu'il avait parcouru en huit mois, tout en lui rappelant que bientôt sonnerait l'heure de retrouver ses gros sabots pour entreprendre les fenaisons. Sa famille, il ne l'avait pas oubliée, car il entretenait une correspondance régulière avec sa sœur Adèle, qui lui exposait les nouveautés qu'il découvrirait à la ferme à son retour. L'une d'elles lui plaisait mieux que les autres : son père Fernand avait construit, durant l'hiver, trois ruches dont il espérait une bonne production de miel pour occuper ses vieux jours. Elle lui annonçait aussi de grands changements dans la gestion de leur exploitation, trop complexes pour se voir couchés par écrit. Curieux, il se sentait impatient de retrouver sa campagne.

Au début du mois de juin, il fut reçu par le directeur du Collège Royal, pour se faire signifier son admission à l'unanimité à l'université de droit. Le supérieur ajouta que le bruit de son talent de portraitiste lui était revenu aux oreilles, qu'il s'en réjouissait et que peut-être, il envisagerait d'avoir recours à ses services pour faire le portrait de ses filles qui atteignaient l'âge de se voir promises. Noël, qui avait progressé en termes de diplomatie, lui jura qu'il se ferait une joie de ce devoir flatteur pour une modique somme de trois ou quatre livres, qu'il réduisit ensuite à deux francs devant la stupéfaction du directeur. L'affaire restait cependant intéressante, car même s'il savait qu'il ne serait jamais payé, il bâtirait ainsi sa renommée. Il est des propos muets qu'il faut savoir deviner, selon ce que lui avait enseigné Antoine Barnave, son nouvel ami.

Sortant du Collège royal, couvert de lauriers, il eut l'idée d'aller clamer ses succès au cabinet d'avocat de son nouveau maître, à la rue Pérolerie. Il était encore tôt, mais la ville paraissait fébrile, avec une foule inquiète et bien plus nombreuse qu'à l'ordinaire un jour de semaine. Grillette, la servante au nez tordu, vint lui ouvrir la porte pour lui annoncer que son maître s'était absenté précipitamment, après la visite de maître Tôlevé, et que tous deux étaient sortis après avoir revêtu leurs robes d'avocats. Elle avait juste reçu la consigne de renvoyer tous les clients et de reporter tous les rendez-vous, sans donner de justifications, ce qui n'allait pas sans l'inquiéter.

Incapable de satisfaire la curiosité de Grillette, il dégringola l'escalier pour retrouver la rue. La foule semblait avoir encore gagné en nombre, et se diriger en masse vers la place Grenette, avec des mines hostiles ou amusées. Noël prit le petit trot pour la suivre, jusqu'à se voir interpellé par l'un de ses condisciples, qui courait, lui aussi, vers cette destination mystérieuse.

— Tu es là aussi, *Le Pagu* ? Cette question te concerne-t-elle ?

— Quelle question ?

— Le *lit de justice*[1] qu'a édicté le Roy de France, et qui nous menace tous. Tout le tribunal se rassemble. Viens ! Allons les soutenir !

Et il accéléra sa course sans plus d'éclaircissement. Un lit de justice ? Le terme chantait étrangement aux oreilles de Noël. Heureusement, aux abords de la Grand'Rue, il trouva le directeur du Collège, qui était trop vieux pour courir, mais marchait cependant d'un pas ferme, la canne à la main, en compagnie de deux professeurs, dans la même direction que tout le monde. Ces trois érudits lui expliquèrent que Louis XVI, sans avoir reçu l'aval du Parlement, avait ordonné la suppression du Conseil delphinal, et la fermeture du tribunal de Grenoble. Autant dire la mise à mort de la ville, qui ne vivait que de ces deux institutions !

Arrivée à la place Grenette, la foule se regroupait au coude à coude autour de la légion des avocats, greffiers, procureurs, qui tous prenaient la parole pour dénoncer cet acte inique. Le président du Parlement et du tribunal avait reçu l'ordre de se retirer dans ses domaines, et les institutions qu'il présidait se voyaient donc dans l'impossibilité de siéger, par ordre du Roy de France. Noël se trouva pris dans la foule qui, hommes et femmes confondus, criait son indignation en brandissant cannes, bâtons ou manches de pioche. Le visage animé par la colère pour certains, et pour d'autres qui n'y comprenaient rien, par une franche rigolade, on poussait vers le rempart en direction du pont

[1] Un *lit de justice* était une décision prise par le Roy sans passer par les conseils du Parlement. Un acte très autoritaire, auquel il n'avait recours que pour des affaires d'une extrême gravité, à ses yeux.

de la porte de France, passage obligé du président qu'on pourrait retenir avant son départ.

On franchit rapidement le pont, pour arriver au pied de la porte de France, où six malheureux fusiliers du régiment d'Austrasie chargés d'escorter le président vers ses terres faisaient déjà face à des manifestants arrivés par la route de Lyon, qui leur faisaient part de leur indignation en affolant leurs chevaux, tandis que d'autres émeutiers s'approchaient dans des barques sur l'Isère. Ces malheureux soldats semblaient débordés par le nombre et bien inquiets de se voir la proie de la troupe des avocats et des notables, s'avançant en rangs serrés vers eux pour, finalement, les noyer sous un flot de discours bien sentis et témoignant de leur mécontentement. Barnave fut le premier, et non le moindre, à prendre la parole en un discours mémorable d'éloquence. Noël se tenait non loin de lui, assez fier de son importance et amusé de ce spectacle qui semblait bon enfant, lorsque, soudain, parmi la foule, il crut reconnaître Dix-sous, les cheveux coupés court, coiffée d'un bonnet de laine, et qui criait aussi fort que tout le monde. Il se figea sur place et, bousculé par la populace, lui adressa bêtement un signe de la main ; mais la fille, au lieu de répondre, s'éclipsa vivement et il ne put la poursuivre, car deux voitures arrivaient sur le pont, sous une immense clameur. Elles transportaient, pour la première, le président Albert de Bérulle et son épouse, et pour la seconde, les bagages qu'il avait souhaité emporter dans ses domaines. Le tapage qui accompagna cette arrivée fut mémorable et inquiétait les chevaux qui tiraient à hue et à dia parmi la foule. Lorsque les voitures furent passées devant Noël, elles s'immobilisèrent, mais Dix-sous avait disparu.

Albert de Bérulle
Président du Parlement du Dauphiné

Malmené de tous côtés par la foule, il n'avait plus qu'à se laisser porter pour se fondre dans la troupe des avocats qui faisaient cercle autour des voitures. Maître Barnave, à la tête de sa confrérie, s'adressait avec véhémence à un jeune lieutenant qui avait dû descendre de son cheval affolé. Le pauvre homme, cerné par la foule et submergé par un flot d'éloquence, avait manifestement compris qu'il était vain d'espérer s'opposer à une pareille émeute avec six malheureux soldats qui n'en menaient pas large et dont les fusils n'étaient surement pas chargés. À la fenêtre de sa voiture, le président Albert de Bérulle, la mine mécontente, mais résignée, semblait contrarié par cette sédition inattendue, sans oser prendre la parole.

À ses hommes terrorisés, le lieutenant ordonna de baisser les armes et de laisser faire. Les soldats s'empressèrent d'obéir en reculant, laissant les émeutiers saisir par la bride les chevaux des attelages pour leur faire reprendre le chemin de la ville, sous les vivats de la foule en liesse. Conduit par le cortège des avocats, on franchit alors le pont de la porte de France à rebours et avec solennité. Le président du Parlement dauphinois arborait à sa fenêtre une mine offensée qu'il s'efforçait de dissimuler derrière un visage de bon aloi. Lentement, on suivit les quais de l'Isère pour se diriger vers le Parlement. Noël, toujours à la recherche de Dix-sous, marchait au côté des avocats en scrutant la foule, prenant comme eux un visage sérieux et intraitable, bien involontairement, alors que le peuple se répandait en rires et en applaudissements. Il n'y avait pas moyen de repérer, dans cette cohue joyeuse et turbulente, une fille particulière, et il comprit bien vite qu'il lui fallait renoncer, pour ce jour tout du moins.

À la place Saint-André, siège du Parlement et du tribunal, on arrêta les voitures et on fit descendre Albert de Bérulle qui se laissait faire à contrecœur. Les portes du tribunal étaient grandes ouvertes pour l'accueillir, car la rumeur va plus vite à courir que les chevaux d'un attelage au petit pas. Sous les ovations du peuple, les avocats s'écartèrent pour pousser le président dans son tribunal, fort inquiet de la tournure que prenaient les événements. Puis, toutes ces robes noires ou rouges entrèrent à leur tour, et Noël les suivit, avant d'entendre les lourdes portes se refermer dans son dos. Empruntant une large *salle des pas perdus*, on poussa le président dans la grande salle d'audience au superbe plafond à caissons, et on le contraignit poliment, mais fermement, à s'asseoir dans son grand fauteuil de premier président. Maître Barnave prit alors la parole pour exposer que la décision du Roy Louis XVI n'était pas recevable, car le Dauphiné n'était pas au Roy, mais au dauphin de France, lequel, n'ayant pas sept ans, n'était même pas encore *passé aux hommes*[1], et dont la santé se trouvait fort altérée, deux raisons pour lesquelles il ne pouvait exercer son autorité sur le Dauphiné.

Le président répondit qu'il fallait bien avoir à l'esprit que si on déclarait ouverte la séance du tribunal ou du Parlement du Dauphiné, on passait, par ce fait, d'une simple émeute que le Roy pourrait comprendre à une jacquerie, pour ne pas dire à une révolte, ce que Sa Majesté ne saurait admettre sans réagir vigoureusement ; qu'en tant que président, il s'opposait à ce mouvement de foule, et accepterait à peine de prononcer la vacance du tribunal, en attendant la suite des événements. Un autre avocat, maître Jean-Joseph Mounier, prit la parole pour dire qu'on ne pouvait pas, ainsi, laisser la ville de Grenoble partir en

[1] En ce temps, l'éducation d'un enfant noble était confiée aux femmes jusqu'à ses sept ans. Après quoi, il « passait aux hommes ». Ce jeune dauphin, Louis-Joseph-François-Aimé de France, avait une bien piètre santé, souffrant de la tuberculose que lui avait transmise sa nourrice, madame Poitrine (ça ne s'invente pas). Il en mourra l'année suivante. Son puîné, Louis-Charles de France, futur Louis XVII, lui succédera dans le titre de dauphin.

quenouille, et que, faute de réunion des États Généraux du Dauphiné, on ne pouvait se soumettre devant ce Royal diktat.

— S'il ne tient qu'à cela, s'exclama Barnave, réunissons-les, nos États Généraux, et de toute urgence ! À une décision de cet ordre, rien ne saura contrecarrer notre opposition au Roy.

Un tonnerre d'applaudissements salua ce courageux propos, et on se mit à discuter du temps et du lieu de cette cérémonie, sous l'œil affligé du président Bérulle, qui sentait bien qu'il risquait fort de perdre la partie, faute de s'être montré assez ferme.

La cause étant supposée entendue, on fit rouvrir les portes du tribunal, et Noël s'empressa de s'éclipser. Bien que conscient qu'il venait d'assister à un événement d'importance, il espérait encore retrouver Dix-sous. Mais la foule en liesse attendait ses héros ; le vin avait commencé à couler généreusement ; et il ne put que s'éloigner en rasant les murs pour retourner à la ganterie. Lorsqu'il l'eut atteinte, après avoir peiné à cheminer dans la ville en fête, il était tard et le soleil rougeoyait à l'horizon. Son oncle et sa tante l'attendaient avec inquiétude.

— Nous étions en souci de toi, mon garçon. Où étais-tu passé ? Nous avons d'abord pensé que tu fêtais ton succès, car nous ne doutions pas de ta réussite. Mais ensuite, lorsque le bruit de ces échauffourées nous est parvenu aux oreilles, nous avons craint qu'en te mêlant à la foule, tu n'eusses été victime d'un mauvais coup. Je suis heureux de te voir bien portant, mais qu'as-tu fait de ta journée ?

Noël, qui n'osait toujours pas parler de Dix-sous puisqu'il avait déjà commencé à cacher son histoire à sa famille, raconta alors fidèlement sa présence à la porte de France et au tribunal de la place Saint-André.

— Je connais un peu ce Barnave, commenta l'oncle Antoine. Je l'ai rencontré quelques fois au Parlement. Je le pense honnête homme et excellent orateur. Il pourra surement t'aider dans tes études et ta carrière. Mais prends garde à rester distant de lui lors de ses manœuvres politiciennes. Je le crois trop ambitieux pour être franc.

— Tu parles ainsi parce que tu ne penses pas comme lui, Oncle Antoine. Si tu avais entendu son discours sur le pont, et la manière qu'il a eue pour répondre au président du tribunal, tu serais convaincu, comme moi, que l'intérêt de peuple doit passer avant la volonté du Roy ou les caprices de la Reine.

— Voilà donc ce qu'il t'apprend, Barnave ? Une bien pauvre pensée, même si elle est à la mode. C'est un funeste effet du despotisme de feu Louis XIV. Tu es trop jeune pour l'avoir vécu, mais sous son règne, le « peuple », comme tu dis, a tellement souffert qu'il veut à présent commander aux Roys. Mais c'est le monde à l'envers, que cette idée-là ! Ce serait ouvrir la porte à encore plus de basses ambitions et à toutes les infâmes cuisines qu'elles engendrent. Il est vrai que le Roy doit se montrer bienveillant envers ses sujets, même les plus humbles. Mais comment pourrait-il exercer cette bienveillance, si on le prive de son pouvoir ?

— En le remettant aux mains du Parlement ! C'est ce que dit Barnave. Et bien d'autres avec lui.

— Si ce n'est que ça, nous en avons, en France, un Parlement. Et même un autre, en Dauphiné. Et comme j'en suis, je puis te dire que nombre de ces parlementaires ne brillent pas par leur intelligence, même si certains sont honnêtes, et assurent leur charge avec courage et sincérité. Mais ce ne sont pas toujours ceux-là qui ont le dernier mot. C'est souvent ceux qui aboient le plus fort.

— Et pourquoi, en France, le titre de Roy est-il héréditaire ? Le meilleur des Roys peut engendrer un tyran ou bien un imbécile. Pourquoi ne pas choisir un Roy élu par ses pairs, comme on faisait autrefois dans le Saint-Empire romain germanique ?

— C'est une bonne idée. Le problème est que si tu remets les pleins pouvoirs à un particulier, ce particulier devient fol. Il se met à croire en lui comme l'on croit en Dieu, et tremble de voir le peuple se rebeller et le remettre en question.

— Je t'entends bien, mon Oncle, et j'admets que ces choses-là ne sont pas si simples. Sans doute suis-je trop jeune pour les comprendre…

— Ne crois pas ça, mon garçon ! J'ai passé la cinquantaine, et je ne les ai toujours pas comprises, tant ce sujet est difficile. Il est bien hasardeux de l'aborder de façon définitive. Je pense même que c'est le propre des sots d'avoir des certitudes sur cette question. En attendant, avec tout ce désordre, les portes de la ville seront certainement fermées, et la poste mise à l'arrêt, de même que ta diligence des mardis. Nous aurons donc le plaisir de te garder chez nous quelques jours encore, le temps que ces affaires se calment, ce qui sera bénéfique pour tout le monde. Je vais tâcher de trouver un expédient pour prévenir la famille de ton succès ; je ne sais pas comment faire, mais je trouverai. En passant par l'évêché, peut-être…

— Antoine, intervint Miette, n'est-il pas temps, à présent, de faire part à Noël de nos projets pour l'an prochain ?

— Si tu veux, ma mie, si tu veux. Mais l'affaire n'est pas encore actée.

— Je compte bien qu'elle le sera sous peu. Voilà de quoi il retourne, mon Noël : il est probable que l'an prochain, nous quittions Grenoble.

— Mais pourquoi ? N'êtes-vous pas à votre aise dans cette ville ?

— Si fait. Mais nous prenons de l'âge. Et nous ne te laisserons pas démuni. Tu auras toujours le logement de la

Grand'Rue, qui est à tes parents. Après notre départ, Germaine pourra s'installer complètement à la ganterie.

— Et où pensez-vous partir vous installer ? Pas trop loin, j'espère, car vous me manqueriez.

— En Provence, répondit Miette avec un grand sourire. Ici, ce n'est pas mon pays. La chaleur y est insupportable en été, le froid glacial en hiver. La mer me manque, et le chant des cigales. C'est là que j'ai grandi, et que je veux finir mes jours.

— Et l'oncle Antoine ? Qu'en dit-il ? Lui, il est bien de chez nous…

L'oncle Antoine leva les bras au ciel.

— Voici bientôt trente ans que je ne sais rien refuser à ta tante.

Chapitre IX

Dès le lendemain de ce jour mémorable, Noël reprit son activité d'étavillonnage, à vrai dire surtout parce qu'un orage menaçait. Il n'avait guère de cœur à l'ouvrage. Son esprit était comme encombré des souvenirs de la veille, de la leçon de son oncle et du visage de Dix-sous avec ses cheveux courts. De plus, les ouvrières ne parlaient que de cette émeute, quand elles ne se plaignaient pas du prix du pain qui, atteignant des sommets, ne faisait que les pousser à plus de révolte. Même la jeune Ernestine, qui abordait ce jour la fin prochaine de son apprentissage, osa dire timidement que cette carence de pain et de farine était insupportable, mais en parlant si bas que seul Noël put l'entendre, car il se tenait à côté d'elle. Il en fut si surpris qu'il ne sut que répondre. Pourquoi, après six mois de silence, se décidait-elle à prononcer d'autres mots que « Bonjour » ou « À demain », les seuls qu'il avait entendus sortir de sa bouche ? Elle n'avait qu'un filet de voix, mais il n'était pas désagréable. En se forçant, Noël lui demanda ses projets, maintenant que son temps d'apprentissage atteignait son terme. En rougissant pis qu'une écrevisse, elle lui annonça timidement qu'elle espérait travailler chez un certain Jouvin, qui était un ami du fils de l'oncle de sa mère, et qu'elle connaissait un peu. Les mots semblaient sortir avec peine de sa bouche, et Noël acquiesça distraitement, jugeant que ces premières paroles arrivaient bien tard, et qu'il se sentait soulagé d'assurer pour la dernière fois l'ennuyeux devoir de la raccompagner chez elle.

À l'heure où les ouvrières se préparaient à manger, elles se plaignirent encore du prix exorbitant du pain. Certaines accusaient boulangers, meuniers ou paysans d'entasser les farines en cachette, pour les revendre encore plus cher : des accapareurs qui ne méritaient que la corde ! D'autres affirmaient que le Roy de France, s'il venait à être informé de cette disette, serait vite à remédier à ce grave problème en abondant les boulangeries par son autorité. Noël, tout en les écoutant sans faire de commentaire, les voyait aussi regarder la jeune apprentie avec un air narquois, simplement parce qu'elle avait osé prendre la parole, et il pensait que la Tante Miette avait eu bien raison dans son analyse. Il trouva donc en lui le courage de se montrer courtois et disert pour l'ultime fois où il devait la raccompagner à la rue Saint-Jacques. Et puis, ils se quittèrent sur le pas de sa porte, sans un baiser, sans un sourire, en se souhaitant simplement bonne chance.

Il se retrouva seul et songeur sur la difficulté des relations humaines, dans tels cas où la parole ne peut servir de truchement à l'établissement d'une amitié. Il était à deux pas du Collège royal, et décida d'aller y faire un tour, afin de purger la sensation d'écœurement déçu qui l'avait saisi. Puis, changeant d'avis, il entra dans une taverne et commanda un bol de bouillon, entendit sans surprise qu'il n'aurait pas de pain pour faire la soupe[1]. Il écouta les conversations des autres clients. Le plus grand nombre évoquait les récents événements qui avaient animé la ville, et il ne

[1] Durant des siècles, le mot *soupe* désigna non le potage, mais le pain, souvent rassis, qu'on trempait dedans.

put que remarquer que le vocabulaire des habitants s'en était trouvé changé : on ne parlait plus du royaume et de ses sujets, mais du peuple et de la nation. Un peu somnolent, comme il l'était souvent après manger, il repensait à l'exposé que lui avait fait Barnave sur les trois ordres de la France : le clergé, *orantes*, qui prie pour le salut de tous ; la noblesse, *bellantes*, ayant en charge les guerres et les combats ; et le tiers État, *laborantes*, chargé de nourrir tout le monde et de payer tous les impôts. Ce petit peuple du tiers État, autrefois composé seulement d'agriculteurs, s'était augmenté, au fil des siècles, des artisans, commerçants, ouvriers de toute nature, si bien qu'il représentait maintenant, et de loin, la quasi-totalité de la population. Il était donc juste de voir croître sa représentation nationale, ce à quoi clergé et noblesse ne s'opposaient pas formellement. De quoi faire, comme aurait dit Miette, *une brave panade*, car le Roy et ses courtisans ne se laisseraient surement pas faire. Certains parlaient en se prenant pour Sa Majesté elle-même, d'autres pour Albert de Bérulle, d'autres encore pour le duc de Clermont-Tonnerre, lieutenant général du Roy en Dauphiné, que personne n'avait jamais vu à Grenoble. L'atmosphère des conversations virait à la querelle.

Noël sortit de sa torpeur et, prudemment, regagna la rue, dans l'idée d'aller rendre visite à Aimée-Chantale, afin de savoir ce que pensaient les riches de toutes ces questions, et de connaître, éventuellement, un intermède agréable, car la chaleur orageuse lui faisait bouillir les sangs. Mais il fut reçu par un homme de haute taille qui lui dit par la porte entrouverte que madame Raby était partie pour plusieurs jours dans sa demeure du Royans, et qu'il avait l'ordre de ne laisser rentrer personne. Cette maison désertée et la présence de ce colosse valaient réponse aux questions de Noël : on s'attendait à des troubles graves et à une dangereuse agitation populaire.

Soldats des régiments d'Austrasie et de Royal- La Marine

Désœuvré, il enfila la rue Montorge dans le vain espoir d'y trouver Dix-sous, puis, accablé par la chaleur, il gravit le petit escalier qui conduisait au jardin des Lesdiguières, pour prendre un peu le frais à l'ombre des grands marronniers de la terrasse. Dès qu'il se trouva sur sa hauteur, il remarqua que la mairie était gardée par de nombreux soldats du régiment de Royal-La Marine, bientôt rejoints par d'autres, du régiment d'Austrasie. Se cachant d'arbre en arbre, Noël s'approcha pour entendre les ordres donnés par leur capitaine. Il s'agissait de se saisir des membres du Parlement et de les regrouper dans l'hôtel de Beaumont, sur la rue Neuve où habitaient la plupart d'entre eux. Il leur était strictement interdit de faire feu, ou même d'avoir leurs fusils chargés. Comprenant que le Roy Louis XVI avait décidé d'user de la force pour imposer ses décisions, Noël se glissa sans attendre dans la traboule[1] qui conduisait à la place Grenette. Là, il s'aperçut qu'il n'était pas seul à avoir été alerté par cette réunion de soldats : une foule dense attendait, armée de bâtons, de fourches ou de manches à balai, espérant s'opposer à la soldatesque et la retenir. Il n'était donc pas le seul à l'avoir débusquée, mais il fut le premier à crier bien haut que la troupe ne ferait pas feu, ce qui provoqua une grande clameur lorsque la nouvelle se répandit parmi les manifestants.

Pour la première fois de sa vie, on l'acclamait, et il en fut d'autant plus fier que nombre de femmes se trouvaient dans le premier rang et, parmi elles, Dix-sous armée d'un manche de

[1] Traboule : petit passage creusé à l'intérieur d'un rempart.

pioche qu'elle brandissait avec un regard indicible… un regard qui n'était pas que menaçant, mais s'adressait aussi à lui avec surprise, et sans hostilité à son encontre !

Lorsque la troupe, derrière son capitaine, émergea de la traboule en rangs serrés, on s'écarta, saisi de crainte pour les armes et les prestigieux uniformes, mais les huées se firent entendre, car on savait bien de quoi il retournait. Les soldats progressèrent au pas décidé en direction de la rue Neuve[1], mais leurs regards viraient de droite et de gauche sur cette cohue agressive, dont la masse allait croissant. Par les fenêtres ouvertes des bâtiments, les habitants criaient aussi, et commençaient à jeter des détritus sur les beaux uniformes pour manifester leur colère.

Dix-sous regardait Noël avec admiration, comme s'il eût été le chef de cette insoumission. Il s'en sentait heureux et même triomphant, bien qu'il n'en fût rien, en réalité. « À la rue Neuve ! À la rue Neuve ! » cria-t-il de tous ses poumons et sans doute malgré lui, juste pour prolonger l'extase que donne le pouvoir de commander ; et la meute des révoltés, comme un seul homme, se dirigea vers l'hôtel de Beaumont, gagnant encore en fureur et précédant les soldats. Dix-sous ne le quittait pas d'une semelle, suivie par une autre fille armée d'un battoir et qui criait aussi fort qu'elle.

Les soldats abordèrent bientôt la rue Neuve et se séparèrent en autant de petits groupes qu'ils avaient de parlementaires à arrêter. Ils frappaient à leurs portes, sous les jurons et les cris de haine de la foule. Souvent, ils trouvaient porte close, mais parfois se saisissaient d'un notable âgé qu'ils convoyaient vers l'hôtel de Beaumont, sous les injures et les crachats. La foule se faisait de plus en plus menaçante, et les plus audacieux se risquaient même à leur jeter des pierres. De petits

---

[1] Actuellement, rue Raoul Blanchard.

cailloux sans importance, auxquels ils répondaient en menaçant de leurs fusils. Des fenêtres qui bordaient la voie, d'autres habitants criaient leur haine, n'hésitant pas à jeter sur la troupe divers projectiles plus contondants : bouteilles, pots cassés ou débris divers. Les soldats, éparpillés en petits groupes et empêtrés de leurs fusils inutiles, tentaient d'esquiver, et les hommes dont ils s'étaient emparés en profitaient pour s'échapper de leurs griffes. À chaque fois qu'un soldat était atteint, des applaudissements et des hourras surgissaient de la foule. Entraîné par ce grand mouvement de fureur guerrière, Noël se prit aussi à jeter des pierres, et Dix-sous ne s'en privait pas non plus. De temps à autre, leurs regards se croisaient et ils sentaient naître en eux la fraternité si particulière aux combattants qui, ensemble, ont livré de grandes batailles.

Les soldats faisaient face courageusement en se défendant à coups de crosse et en guerroyant avec les canons de leurs fusils contre les bâtons de la populace, jusqu'à ce que l'un d'entre eux tombât, atteint par un projectile plus vulnérant que les autres. Noël leva les yeux : deux hommes étaient montés sur le toit de l'immeuble d'en face et, de là, procédaient à un pilonnage impitoyable de la troupe avec des tuiles. Il savait, pour l'avoir appris de son oncle Antoine qui avait été militaire et même colonel, que la victoire revenait toujours à ceux qui tenaient les hauteurs. Jugeant la tactique appropriée à la situation, il cria à pleine voix : « Aux tuiles, compagnons, aux tuiles ! » Il se trouvait, à cet instant, devant la petite porte du Collège royal, dont il savait qu'elle n'était jamais verrouillée, car réservée aux écoliers les plus studieux.

« Avec moi ! » ordonna-t-il d'une voix de véritable général en pénétrant dans l'école, suivi de son fidèle lieutenant à la jupe rapiécée. Et tous deux entamèrent la montée des étages au pas de charge, suivis de nombre de révoltés. La joie de se sentir reconnu et obéi envahissait toute sa cervelle, et il n'avait plus souci que de remporter son combat, sans se demander si ce combat était juste. Par une petite porte au dernier étage, ils parvinrent dans les combles, où régnaient la chaleur et la pénombre de l'enfer. Ils n'eurent aucun mal à trouver le châssis d'où sortait une lumière aveuglante, malheureusement situé trop haut pour qu'on pût l'ouvrir sans escabeau. « Hisse-moi ! » ordonna Dix-sous en relevant sa jupe pour escalader plus aisément son compagnon, avant de s'installer sur ses épaules, couvrant son visage de son jupon en l'expédiant dans une obscurité intime dont il n'aurait pas eu l'idée, même en rêve. Des mains complices le saisirent et le poussèrent pour le conduire sous le châssis que Dix-sous s'efforça d'ouvrir, jusqu'à ce que, subitement, la lumière réapparût avec un vent brûlant qui montait vers le ciel. Dix-sous avait atteint le toit, où elle s'était couchée, tendant la main pour aider à l'ascension de ses comparses.

Grâce à cette main secourable, Noël put atteindre le toit à la force des bras. Sitôt que ses yeux se furent accoutumés à la vive lumière, il observa le champ de bataille. Prenant exemple sur les gens du toit d'en face, il prit appui sur l'arrêt de neige[1] pour s'éviter une glissade et s'accroupit pour extraire plus commodément les tuiles de la toiture. Dix-sous qui, manifestement, ne souffrait d'aucun vertige, se penchait sur la rue, retenue par sa jupe agrippée à deux mains par son amie assise sur l'arrêt. Elle se saisissait de ces projectiles en restant debout au bord du toit et commençait à remplir son office d'artilleur, semant la panique parmi la troupe qui tentait de se regrouper, selon une bien funeste idée qui l'exposait encore mieux. Plus il sortait de combattants par le châssis, et plus le bombardement

[1] Un arrêt de neige est une basse barrière disposée au bord d'un toit, dans les régions froides, pour éviter que la neige accumulée tombe sur la chaussée en mettant en péril les passants.

devenait terrible, et les gens du peuple se protégeaient avec des seaux ou des couvercles qu'ils plaçaient sur leurs têtes, alors que ces pauvres soldats n'avaient, eux, que leurs chapeaux de grosse toile.

Du toit d'en face, ils virent un homme perdre son équilibre et basculer dans le vide pour tomber dans la foule, dont la fureur se trouva décuplée, de façon parfaitement injuste, car la victime avait bien perdu pied de son propre mouvement. Dix-sous, ne se souciant nullement qu'elle découvrît ses cuisses, tirait à une cadence soutenue, que Noël ne suivait qu'à grand-peine. Sa rage était telle qu'elle finit par faire sourire les autres combattants du toit, et on rampa à quatre pattes vers elle, pour la retenir de s'abîmer à son tour dans le gouffre poussiéreux de la rue Neuve. Noël se releva pour la saisir à son tour, en l'exhortant à se calmer et à regarder dans la rue, où le combat semblait en bonne voie.

Effectivement, à travers la poussière rouge qui volait dans la rue, on pouvait observer le regroupement des soldats qui, maintenant, progressaient en direction de leur caserne, vaincus par la furie populaire. « Victoire ! » cria-t-elle en levant le poing vers le ciel, vite imitée par les autres compagnons, avant de retourner vers le châssis, où Noël l'aida à descendre sans se fracasser au sol. Chacun s'entraida avant de se regrouper pour dégringoler ensemble les étages, jusqu'à se retrouver dans la rue sous un tonnerre d'applaudissements. Ils étaient les héros du jour. Pourtant, non loin de là, une femme criait son désespoir devant le corps d'un jeune garçon mortellement touché par une tuile, et aussi, devant le collège, gisait le corps inanimé de l'homme qui était tombé du toit, entouré de sa famille en pleurs. Ce triste spectacle refroidit l'enthousiasme de Noël, mais nullement celui de Dix-sous et de son amie, qui paraissaient ne les avoir pas vus. S'approchant au plus près de leur héros, elles lui déclarèrent qu'il était l'heure de manger et de boire du vin, car il avait surement de quoi payer pour les régaler.

Il opina du chef. Alors, chantant, dansant, et le tenant par ses deux bras, elles l'entraînèrent à travers la ville en fête vers une modeste auberge de piètre allure, mais qui devait représenter, à leurs yeux, le summum du luxe, dans une petite impasse proche de la place aux Herbes : *Au loup marri*. C'était là, disaient-elles, qu'on avait tué, jadis, le dernier loup de la ville. La porte en était grande ouverte, laissant échapper une odeur de graillon bien peu appétissante. Le patron, un gros homme moustachu au double menton et à la grosse bedaine sous un tablier maculé de taches de graisse, accueillit les filles sans cérémonie :

— Allez donc, les fillés ! Il faut tout faire propre. Nous aurons du monde, ce soir, après une pareille journée. Pressez-vous donc !

— Pas y compta ! répondit Dix-sous. Ce soir, nous sommes invitées, et c'est Monseu qui nous régale.

— Tu ferais mieux de payer tes dettes et celles de Gavalie. Allez ! Vite ! Au labeur !

À cet instant, Noël faisait son entrée derrière les filles, qu'en homme galant, il avait fait passer devant lui, avec ses bas blancs, ses chaussures à boucles et sa redingote qui, même couverts de poussière, dénotaient un garçon aisé.

— Monseu ? s'étonna l'aubergiste. Êtes-vous seul, ou attendez-vous des amis ?

— J'accompagne ces demoiselles.

La salle, plutôt réduite, se composait d'une cheminée éteinte, et de trois tables avec des bancs, tout cela envahi de mouches, de reliefs de repas et, par-ci, par-là, de gros cafards obèses. Un lieu que la mère ou la tante de Noël eussent proscrit sans réserve ! L'aubergiste, de son tablier, essuya grossièrement un coin de table où les filles s'installèrent en riant. Noël prit l'homme par le bras et l'entraîna vers la cuisine pour lui demander à voix basse à combien s'élevaient les dettes de ses compagnes.

— À trois francs, et même quatre, répondit-il sur un pareil ton, avec un regard en coin.

Noël paya largement et secrètement, car il avait en mémoire les propos déplaisants que Dix-sous lui avait tenus autrefois sur les gens riches et leur suffisance.

— Et qu'aurez-vous à nous offrir pour le repas ?

— J'ai de la daube et un excellent vin. Ce n'est pas du côtes-du-rhône, mais il le vaut largement, je vous le garantis. Prenez donc place, Monseigneur.

Dix-sous et Gavalie semblaient enchantées de la bonne farce qu'elles faisaient à l'aubergiste. Noël comprit qu'elles lui servaient parfois de servantes, et qu'il leur octroyait, en retour, l'usage de sa cave comme logement.

La marmite arriva bientôt. Les filles se jetèrent dessus comme la misère sur le pauvre monde. Noël fut plus réservé : cette daube n'était pas mauvaise, mais il fallait se garder d'avaler une mouche à chaque cuillerée. Quant au vin, il lui parut abject et d'une aigreur à vous rendre malade. Mais il n'était pas grand connaisseur en la matière, et les filles, elles, ne crachèrent pas dessus, car c'était jour de fête.

La taverne se remplissait peu à peu, d'une populace en liesse et très généralement avinée. Parfois, certains clients posaient la main sur son épaule pour lui signifier qu'ils reconnaissaient en lui un héros de cette mémorable journée.

Noël eût bien souhaité faire plus ample connaissance avec ses deux nouvelles amies, mais le brouhaha de la salle rendait impossible la conversation, de même que l'appétit d'ogresse qu'elles manifestaient pour la daube et le vin. Elles ne devaient pas, jugea-t-il, manger tous les jours à leur faim.

Lorsque la marmite fut nettoyée par leurs soins, et que trois bouteilles de vin furent couchées vides sur la table, le repas ne manqua pas, comme il était prévisible, de prendre une fâcheuse tournure. Les deux filles, après avoir pâli, se mirent à *appeler Hugues*, avant de sortir précipitamment pour *appeler Raoul*[1].

— Elles auront trop mangé, diagnostiqua l'aubergiste avec bonhomie.

Et il avait probablement raison.

Noël régla la note et sortit en évitant les flaques rougeâtres laissées par ses invitées sur le sol. La nuit tombait. Le tonnerre, au loin, annonçait que l'orage qui avait menacé toute la journée se décidait enfin à crever sur la ville.

— Vous devriez aller dormir, les *fillés*. Vous aurez trop bu, sans doute, et trop mangé.

— Tu dis vrai, répondirent-elles, avant de rentrer à l'auberge, non sans avoir donné à leur bienfaiteur un baiser parfumé sur ses lèvres.

Noël pressa le pas pour retourner à la ganterie avant l'orage, certain qu'on l'y attendrait de pied ferme, et pas nécessairement de bonne humeur.

[1] « Hugues » et « Raoul » : deux onomatopées transformées en prénoms pour désigner les nausées (Hugues) et les vomissements eux-mêmes (Raoul).

Chapitre X

Comme Noël s'y attendait, son oncle et sa tante avaient veillé pour attendre son retour avec angoisse, et des regards lourds de reproches l'accueillirent dès son arrivée.

— Je pense vous devoir des excuses, dit-il en baissant le nez. J'aurais dû penser à votre inquiétude.

— Cette prévenance nous eût touchés, répondit Miette. N'oublie pas que tes parents nous ont confié ta garde, et que nous sommes facilement en souci pour toi.

— Surtout, rajouta l'oncle Antoine, que tes exploits nous sont vite revenus aux oreilles. Tu sais combien les bruits courent vite, dans la ville, et que j'y connais tant de gens que rien ne saurait m'y échapper.

— Je suis vraiment désolé, d'autant que je n'ai rien à dire pour ma défense. Je me suis laissé entraîner…

— Par qui ? Par Barnave ?

— Pas du tout. Barnave, je ne l'ai pas vu. Il n'est pas de ce quartier du Collège.

— Alors, par qui d'autre ? Mounier ?

— Pas Mounier non plus.

— Dis-nous ! ordonna Miette. Comprends qu'il est de notre devoir de surveiller tes fréquentations !

— Je n'ose vous l'avouer ; et vous ne me croiriez pas… Une affaire personnelle, en quelque sorte.

— Par une fille ? explosa Miette. J'en étais certaine. Je le vois bien, depuis cet hiver, que tu disparais sans qu'on sache où tu vas, que tu soignes ta tenue mieux qu'il est dans tes habitudes, et qu'il te vient parfois cet air stupide et niais que prennent les hommes entichés d'une conquête. Dis-nous donc ! C'est une fille ?

Piégé entre l'autorité de son oncle et la malice de sa tante, Noël restait muet, et d'autant plus mal à son aise qu'il sentait le rouge lui monter au front.

— Je vois que j'ai mis dans le mille ! triompha Miette, qui semblait soulagée. Ton « affaire personnelle » est bien une histoire d'amour. Pourquoi ne nous l'as-tu pas présentée ? Serait-ce que nous te faisons honte ?

— Non pas. Mais… mais… ce n'était pas possible.

— Pas possible ? Ce n'est tout de même pas une femme mariée ?

— Oh non ! Pas mariée. C'est une fille pauvre, et qui a bien du mérite à s'entretenir.

— Et alors ? demanda Antoine. Nous crois-tu assez prétentieux pour refuser de saluer une fille pauvre ? Dis plutôt que c'est une canaille[1], et que c'est à toi qu'elle fait honte.

— Oh non ! Elle n'est pas canaille. Elle est méritante, je vous dis.

— Va-t-elle à la messe ? Ou est-elle huguenote ? Et comment se nomme-t-elle ? Et que font ses parents ? Ce n'est tout de même pas l'Ernestine ?

[1] Canaille : du latin *canis*, chien, et de l'occitan *canaglia* qui désignait une meute de chiens. En langue d'oïl, on disait *chiénaille.* Depuis toujours, les chiens étaient le modèle de l'impudeur et de la lubricité.

— L'Ernestine ? Vous n'y pensez pas ! Vous l'imagineriez se colletant dans les rues avec des militaires ?

— Bon ! Ce n'est pas l'Ernestine. Mais alors, qui est-ce, enfin ?

— Une fille que j'ai rencontrée sur la place Grenette, au tantôt, au début des échauffourées. Je ne sais rien d'elle, sinon qu'elle loge près de la place aux Herbes, avec une amie.

— Parce que tu l'as raccompagnée chez elle ?

— Oui… en quelque sorte…

— Comment ça, « en quelque sorte » ? Une fille dont tu ne connais même pas le nom, et qui t'invite chez elle dès le premier soir. Ce doit être du beau linge ! Il te faudra consulter, mon Noël.

La conversation semblait devoir s'en tenir là. Le silence retomba, plein d'aigreur et de rancune, jusqu'à ce que l'oncle Antoine, qui jamais ne se départait de son sang-froid, intervînt de nouveau :

— Mon pauvre garçon ! Tu es bien le fils de ton père qui ne sait pas mentir. Tu en as dit trop, ou pas assez. Il te faut comprendre qu'en semant le désordre comme vous l'avez fait, vous aurez offensé le Roy de France. L'affaire n'en restera surement pas là, car vous aurez été remarqués. Il est de ton intérêt de te faire discret, de disparaître, même. Il te faudra retourner chez tes parents au plus vite, et si cette fille t'aime vraiment, elle te suivra sans bégayer. Ce sera pour toi l'occasion d'éprouver ses sentiments. Sinon, tant pis pour elle ! Pour moi, je te défendrai. Mais il faut tout me dire. Je suis homme, comme toi, et j'ai eu ton âge, naguère. Je saurai te comprendre.

Noël se sentait démasqué, et surtout, il n'avait pas songé un instant qu'il avait pu mettre Dix-sous en danger. Convaincu, il passa péniblement aux aveux, en omettant soigneusement de révéler son aventure avec Aimée-Chantale. Il n'avoua que la séance de dessin et la méchante façon dont on l'avait éconduit par la suite. L'oncle Antoine l'écoutait avec une bienveillance attentive, et finit par éclater de rire.

— Mazette, mon neveu ! Je te croyais homme à acheter chat en poche[1], mais je vois qu'il n'en est rien ! Tu l'auras donc vue dans le plus simple appareil dès le premier jour ? C'est un privilège que je n'ai jamais connu.

— Dis voir, Antoine ! s'exclama Miette qui riait pareillement. Il me semble que tu n'en as pas été privé, par la suite !

— C'est la pure vérité, ma mie, et j'en suis le plus heureux des hommes. Bien ! À présent que nous sommes au fait de toute ton aventure, Noël, il me faut organiser au plus vite ton retour à Rivay, dès demain, si possible. Il me faudra trouver une solution, mais j'ai mon idée. Ce qui me chagrine le plus, c'est de te laisser partir avec de mauvaises pensées dans la tête. Veuille bien me dire encore : pourquoi n'as-tu aucun respect pour le Roy de France ? À l'heure où il a grand besoin du soutien de ses sujets, pourquoi chercher à le mettre dans l'embarras ?

— Parce que c'est un despote, et même un tyran ! Et que l'heure est venue de confier le pouvoir au peuple.

— Ne sont-ce pas là les principes que défend ton ami Barnave ?

— Pas seulement. C'est ce que répète tout un chacun. C'est au peuple qu'il revient de gérer son destin et de diriger la nation, et non à l'Église ou à une poignée de privilégiés ambitieux et corrompus qui n'ont de cesse d'exploiter les forces vives de la nation pour leurs avantages personnels. Le Roy, s'il en faut bien un, doit se soumettre aux exigences de ses sujets.

[1] Acheter chat en poche : ancienne expression signifiant acheter un produit sans l'avoir bien examiné auparavant.

— Ce serait donc un royaume sans Roy ? Comment cela serait-il possible ? Et qui régirait alors le pays ? Crois-tu le peuple capable de se gouverner lui-même ?

— Je ne sais pas. Sans doute. Il en allait bien ainsi à Rome et dans les républiques grecques d'autrefois. Et puis, je ne fais que te répéter ce que j'entends dire de tous côtés...

— Par ceux-là mêmes qui prétendent que Louis XVI est un tyran ? Allons donc ! Si tel était le cas, ce ne serait pas à des fusils déchargés que vous eussiez à faire face, aujourd'hui, mais à la mitraille et aux canons, et la ville baignerait ce soir dans son propre sang. Des tyrans, nous en avons connu, à commencer par Louis XIV, qui régnait quand j'avais ton âge, et je puis t'affirmer que nul ne se serait risqué à se révolter contre son autorité. C'était même tout l'inverse : le peuple, comme tu dis, ne pensait qu'à louer son tyran et jurer fidélité à son despote. C'est dans la nature humaine de ne s'exposer qu'aux plus menus périls, et la simple émeute que vous avez menée aujourd'hui démontre bien que Louis XVI n'est pas tyrannique. Comme on dit, *embrasse la main que tu ne peux couper* ! Il y a, dans cette maxime aussi vieille que le monde, toute la lâcheté dont l'homme est capable. Si tu doutes de ce que je te dis là, interroge ta mère. Mais délicatement, n'est-ce pas ! C'est un sujet qu'elle n'aime pas à aborder. Tu comprendras alors ce que peut être un vrai tyran, tandis que ce Roy Louis XVI est, à mes yeux, un brave homme pétri de foi, de charité et de bienveillance pour ses sujets. N'a-t-il pas fait interdire la torture[1] ? Vois-tu, c'est même là ce qui m'inquiète : la frontière entre la bienveillance et la faiblesse est si ténue...

— Et on dit aussi qu'il prend conseil de sa femme, l'Autrichienne.

---

1 Par des édits de 1780 (question préparatoire), puis 1788 (question préalable).

— Et alors ? Est-ce que je ne me soumets pas aux avis de la mienne ? Le jugement d'un homme ne vaut que s'il est complété par celui d'une femme, et réciproquement. Et toi ? N'as-tu pas risqué ta vie sur les toits du collège pour les beaux yeux d'une fille de peu ?

— Mais cette Reine, on tient sur elle les propos les plus ignominieux : elle méprise le peuple, et dilapide sans compter le bien public pour ses menus plaisirs.

— Je l'entends dire aussi, hélas ! Mais qui, parmi ces détracteurs dont tu parles, l'a déjà vue, cette Reine, même passant dans son carrosse ? Qui ?

— Sans doute pas un seul. Tu as encore raison, mon Oncle. Mais je n'en démordrai pas : c'est au peuple qu'il revient de conduire la nation, et pas à un individu seulement, qui s'est juste donné la peine de naître.

— Eh bien, s'il nous faut un Parlement, c'est chose faite ! Nous en avons un. Que veux-tu de plus ?

— Que chaque sujet du royaume puisse avoir son mot à dire, et pas seulement une poignée de privilégiés qui ne se soucient que de leurs carrières et de leur rang à Versailles.

— Un suffrage universel, en somme ?

— Oui ! C'est ce que je pense.

— Te rends-tu seulement compte de ce que tu dis, mon garçon ? Une telle mesure conduirait vite au désordre, car une bonne part de la population ne pense qu'aux critiques, une autre ne veut que se soumettre, et une troisième se contrefiche de toutes les questions possibles, ne pensant qu'à tirer sa propre épingle du jeu. Comme dirait ta tante, cela ferait *un brave pastis* !

— Tu marques encore un point, mon Oncle. Mais alors, selon toi, quelle serait la bonne formule, qui assurerait la grandeur du royaume et, tout en même temps, le bonheur de ses habitants ?

— Je dois reconnaître que je la cherche encore, cette heureuse formule. Car il y a du bon sens dans tes principes comme dans les miens. L'avenir nous le dira. Mais souhaitons que ce système idéal ne naisse pas dans le sang. Rien ne sort d'heureux dans la violence.

— Tu es un sage, Oncle Antoine, et j'aime à parler avec toi, même si nous ne nous accordons pas toujours. Je te promets d'y réfléchir durant l'été. Cela dit, avant que de partir, il me faudra saluer quelques amis et me rendre à la librairie Ferrari, à la Grand'Rue, pour prendre les livres que j'ai commandés pour Adèle. Comment pourrais-je revenir à Rivay les mains vides ?

— Dis plutôt que tu veux embrasser ta bonne amie, et lui proposer de s'enfuir avec toi, intervint Miette. Mais si tu dois te rendre chez le libraire, je t'accompagnerai, car nous aussi avons fait notre commande pour Adèle, dont elle sera fort satisfaite, à mon idée.

Noël n'osa pas répliquer, car il s'était montré assez mauvais enfant, pour ce jour.

Le lendemain, à son réveil, il trouva son habit bien brossé et sa Tante Miette prête à sortir, alors que d'ordinaire, elle aimait à rester au lit assez tard. Il refusa de manger, car la daube et le vin du Loup marri lui avaient fait reproche toute la nuit. Après un brin de toilette, on se mit donc en route, bras dessus, bras dessous, dans une ville qui sentait encore la chamaille de la veille. Tante Miette s'était élégamment vêtue d'une robe espagnol malade[1] et d'un caraco de dentelle, et coiffée d'un chapeau fleuri à larges bords, du meilleur goût. Elle s'était munie de son ombrelle, car il faisait déjà chaud.

À la librairie de la Grand'Rue, Noël acheta plusieurs carnets à dessins, des crayons de couleur et nombre de romans

---

[1] Jaune clair tirant sur le vert.

qu'il paya de sa poche, car ses portraits lui avaient permis d'atteindre une certaine aisance. Mais le plus remarquable fut les douze volumes qu'avait commandés Miette : la première partie de l'*Encyclopédie* de Diderot et d'Alembert que monsieur Ferrari s'était procurée en Suisse. Les huit premiers de texte, et les quatre premiers des illustrations. À la demande de la tante, le libraire accepta de les livrer à la ganterie avant midi, où il serait payé rubis sur l'ongle. Soixante francs, pas moins !

— C'est bien ça, Madame Rabot. Vous pouvez compter sur moi. Avant midi. C'est promis.

Sortant de la librairie, Miette s'orienta avec autorité vers la place Saint-André.

— Nous irons à présent à la place aux Herbes, n'est-ce pas, mon neveu ? Pour voir ta bonne amie. Comment se nomme-t-elle, déjà ?

Noël n'osait pas avouer qu'il ne la connaissait que sous son surnom de Dix-sous. La honte l'habitait, et il ne sut répondre que par un grognement indistinct.

Lorsqu'il fut arrivé à la Place aux Herbes, il dut bien conduire sa tante dans la petite impasse où s'étalaient encore les vomissures rougeâtres des deux filles.

— Grand Dieu ! s'exclama l'élégante dame en voyant la misérable porte de la taverne. C'est donc ici qu'elle loge ?

— Oui, ma foi. Elle loge chez une amie, et elle aide parfois au service de l'auberge. Que vas-tu penser d'elle, à présent ?

— Je ne penserai rien. Elle travaille, et c'est chose honorable. Sais-tu que moi aussi, j'ai ouvré dans une taverne, dans ma jeunesse ? Il n'y a là rien d'infamant. Toque donc, mon neveu !

Noël se fit violence, et la porte s'ouvrit bientôt sur une salle encombrée des reliefs du repas de la veille, et sur le cabaretier aux ongles en deuil, avec une barbe de trois jours et assailli de mouches, très étonné de voir une si belle dame à la porte de son établissement.

— Messieurs-Dames ? Vous désirez ? s'enquit-il avec inquiétude.

— Je souhaiterais voir mon amie d'hier au soir, s'empressa de dire Noël.

— Laquelle ? Dix-sous, ou Gavalie ? Elles dorment encore.

— Dix-sous, murmura Noël en espérant que sa tante n'entendrait pas.

— Dix-sous ! cria l'homme. Ton ami d'hier est là avec sa mère. Il veut te voir. Monte un peu !

Puis, avec un large sourire commercial sur des dents sales, mais qu'il s'efforçait de rendre courtois, il se tourna vers la belle visiteuse.

— Puis-je vous offrir quelque chose, Madame ?

— Vous êtes fort aimable, mais ce ne sera pas nécessaire. Je vais ressortir, car mon neveu doit s'entretenir avec son amie en particulier. Merci de votre amabilité, Monsieur.

Puis elle s'enfuit habilement pour échapper à l'assaut des mouches, laissant Noël aux mains de l'aubergiste, tout en gardant soigneusement la porte ouverte.

— Que lui veux-tu, à Dix-sous ? grondait l'homme. Aucun mal, j'espère ! C'est une bonne fille, et si tu es de la police, tu auras affaire à moi. Et tu verras que ce n'est pas pour rien qu'on m'appelle Grostambour !

Il se faisait menaçant, brandissant un poing énorme et roulant des yeux terribles.

— Je ne lui veux aucun mal. Au contraire ! Je viens pour la sauver.

À cet instant, Dix-sous apparut, le nez et les sourcils encore humides de la toilette de chat qu'elle avait dû faire dans l'urgence de la situation. Elle s'approcha de Noël avec le sourire complice de celle avec qui on a fait une bonne farce et le baisa sans gêne sur les lèvres.

Encouragé par cet élan de camaraderie, Noël entreprit de lui expliquer qu'on les avait repérés et identifiés comme rebelles à l'autorité, et qu'il convenait de quitter la ville pour quelque temps, jusqu'au retour au calme ; et que, si elle le voulait, il saurait lui faire passer le rempart pour l'emmener à la campagne, dans sa famille.

— La campagne ? Je n'y suis jamais allée ! Ce serait la première fois que je quitterais Grenoble, car je ne suis jamais partie plus loin que l'Île-Verte. Et que devrai-je y faire ? Je ne suis guère savante…

— Nous aurons à faire les foins et à soigner les bêtes. C'est fatigant, mais ce n'est pas difficile. Je t'apprendrai. Viens donc !

Dix-sous se tourna vers l'aubergiste, comme pour requérir son avis

— Vas-y donc, puisqu'on te le propose. Mais prends garde, mon gars ! J'en ai trop vu qui partaient avec un galant et qu'on ne revoyait plus jamais. Si tu lui fais du mal, à la Dix-sous, tu auras à connaître Grostambour ! Et puis, je garde Gavalie. Elle est chez moi comme chez elle, itieu1. Allez, Dix-sous, va-t'en rassembler ton ballot.

Noël lui tendit la main avec empressement.

— Non, décida-t-elle. Je vais d'abord me laver sous le pont de Bois. Je te rejoindrai plus tard, là où tu me diras.

— Bien ! Alors, trouve-toi à midi face à la grande porte de la caserne. Je t'y attendrai. Il faut quand même que je te présente à ma tante, d'abord.

---

[1] *Itieu* : ici, en patois dauphinois.

Ainsi se produisit la première entrevue entre Miette et Dix-sous. Ce ne fut pas un grand moment d'éloquence : aucune des deux n'osait prendre la parole, et l'odeur de vinasse qui émanait de la plus jeune qui baissait les yeux offensait la narine de la plus âgée, la forçant à poser sur son nez son fin mouchoir parfumé de lavande. La jeune fille se tourna enfin vers Noël, mettant son visage à la pleine lumière du soleil. Il remarqua alors que ses yeux, qu'il n'avait jamais vus que dans des pénombres, en les jugeant noisette, se teintaient d'un vert amande qui les rendait remarquables. L'artiste qui jamais ne sommeillait en lui se félicita aussitôt d'avoir des crayons de couleur, et s'imagina le jour où elle poserait pour lui seul. Mais la fille disparut vivement, et il s'attendit à recevoir les critiques de sa tante.

Il n'en fut rien : Miette, à laquelle nul détail n'échappait, jugeait que cette fille était joliment faite et qu'elle avait des yeux à rendre fou le plus sévère des hommes. Aussi comprenait-elle son neveu de s'être épris d'elle, qui ne valait sans doute pas grand-chose, mais qu'il pourrait éduquer, à la propreté pour commencer. Ne pouvant imaginer que sa tante avait pu, dans sa jeunesse toulonnaise, côtoyer les filles de la rue du Chevalier Paul, il continua son rêve, en n'écoutant que d'une oreille distraite.

Lorsqu'ils arrivèrent à la ganterie, ils trouvèrent monsieur Ferrari qui, fort ponctuel, aidait un soldat à charger ses commandes sur un fardier. L'oncle Antoine les regardait faire avec un œil empli d'autorité.

— Par bonheur, glissa-t-il à l'oreille de son neveu, j'ai gardé à la caserne des relations qui savent me prouver que la reconnaissance n'est pas un vain mot. Vous partez à midi. Conduits par un soldat, vous ne risquerez pas d'être inquiétés. Ton amie n'est pas venue ? T'aurait-elle fait faux bond ?

— Pas du tout ! Elle sera là pour midi.

— C’est son intérêt ! Mais nous n’attendrons pas. Midi, c’est midi. Va vite chercher ton bagage, mon neveu.

Miette s’était éclipsée, et revint avec une mallette en carton bouilli, à l’instant même où Dix-sous apparaissait, courant le long du mur de la caserne.

— En voiture ! ordonna l’ancien colonel sur un ton sans réplique qui montrait bien que l’officier n’était pas mort en lui.

Puis, ce fut : « Marche ! », et le fardier, tiré par deux puissants chevaux, se mit en branle, sous un soleil de plomb.

Chapitre XI

Le voyage s'effectua à tombeau ouvert. Le fardier était probablement destiné au transport des troupes, et ne disposait que d'une place assise pour le meneur. Noël et Dix sous durent s'asseoir à même le plateau. L'homme qui menait ne fit prendre le pas à ses chevaux qu'à Voiron, où il était interdit d'aller au trot. Il profita de ce répit pour demander à ses passagers de le guider pour atteindre Les Peupliers. Noël se tint alors debout près de lui, bien vite imité par sa compagne qui s'accrochait à son bras. Il lui semblait être parti depuis une éternité et, pourtant, rien ne paraissait changé dans les alentours. Lorsqu'il indiqua le sentier qui conduisait à la ferme, le soldat fit une volte adroite pour, finalement, déboucher dans la cour en affolant tout autant de poules et de volailles qu'autrefois. Il remarqua seulement que de l'herbe et des chardons avaient poussé sur le tas de fumier, ce qu'on n'avait encore jamais vu. Et puis, devant sa porte, son père, le Fernand, avec les cheveux encore plus blancs et, à sa fenêtre, l'Adèle sans bonnet, avec un large sourire fendu jusqu'aux oreilles. À cet instant, il prit conscience qu'il était de retour pour de vrai, et qu'il avait peut-être été vite en besogne, en ramenant cette fille qui s'accrochait à son bras.

Toujours soucieux du bien-être des bêtes, Fernand fit signe au militaire de conduire ses chevaux à l'ombre, car ils ruisselaient de sueur. Lorsque ce fut chose faite, Noël sauta à sa rencontre pour se jeter dans ses bras.

— *Bonjour bien*, mon père !

— *Bonjour bien*, mon fils !

Le patron jeta un œil discret à Dix-sous, puis invita le militaire à *boire un canon*. C'était, certes, qu'il avait de bonnes manières, mais aussi qu'il ne voulait à aucun prix parler devant un soldat du Roy, et Noël ne s'en étonna pas. Pendant que les chevaux prenaient le frais de l'ombre *jaille*[1], il fit entrer le soldat dans la maison, pour le faire boire en lui demandant des nouvelles de la ville, en acquiesçant de temps à autre, tout en remplissant son verre. On apprit, ainsi, que les militaires n'étaient pas tous favorables au Roy de France, et même loin de là, et on fit mine de s'en étonner. Puis, lorsque la patronne arriva, ce fut le traditionnel « Oh ! La Maman ! Donne un peu la goutte ! » Le soldat ne se fit pas prier, et finit par prendre congé, d'un pas chancelant, pour abreuver ses chevaux au bassin, portant dans ses bras une bouteille de vin et deux saucissons de porc, avant de disparaître dans le sentier.

Aussitôt, le Fernand ouvrit ses bras à son fils et le serra contre sa poitrine, et la mère Ursule en fit autant. Mais tout le monde regardait Dix-sous de côté, car on avait cru qu'elle accompagnait le militaire, et on s'étonnait de la voir plantée là comme un piquet au milieu de la cour.

— Est-ce ta bonne amie, que tu nous amènes ? demanda enfin l'Adèle.

---

[1] *Jaille* : en patois, noir et blanc. Une ombre tachetée de soleil. Il existe ainsi des mouches ou des vaches jailles, et c'est surement là l'origine des patronymes Jaillart ou Jaillat, qui désignaient ceux qui avaient précocement des mèches de cheveux gris.

— Mais non ! C'est seulement une camarade de lutte. Je vous raconterai tout ça, n'ayez crainte !

Surgirent alors Nono et Bébert, qui s'étaient cachés derrière la maison en voyant arriver un militaire, si bien que Dix-sous se retrouva au centre du cercle de famille.

— Qui est-ce que tu nous amènes là, Noël ? demanda Bébert.

— Comment se nomme-t-elle ? poursuivit Nono.

— On m'appelle Dix-sous, avoua la fille en redressant fièrement sa taille.

Cet aveu provoqua, bien sûr, l'hilarité des deux drôles, et le sourire apitoyé des autres.

— Dix-sous ? Tu ne vaux pas bien cher, dis donc !

— C'est le prix pour avoir seulement le droit de m'adresser la parole sans s'être présenté ! répondit la fille sur un ton que Noël ne connaissait que trop bien, et qui laissait deviner sa colère.

Fernand intervint sans tarder, en digne maître de maison :

— Ne te fâche pas, voyons. Si tu es Dix-sous, tu seras Dix-sous, et tu ne risqueras rien, tant que tu demeureras sous mon toit. Sois la bienvenue, puisque tu es amie de mon fils, et allons manger.

On rentra, et l'Ursule s'empressa de rajouter une assiette sur la table, à côté d'elle et en face de Noël, puis elle resta debout pour demander à la nouvelle venue si elle faisait sa prière, avant manger.

— Je ne connais pas de prière.

— Ce n'est pas l'essentiel de réciter des patenôtres. Il te faut juste remercier Jésus de te donner de quoi manger, et penser à ceux qui n'en ont pas autant.

Dix-sous s'exécuta, silencieusement : ou du moins, fit-elle mine de se recueillir, et l'on put enfin s'asseoir. Seul Fernand resta debout pour découper de fines tranches de jambon, tandis qu'Ursule apportait une marmite de légumes, en s'excusant de n'avoir pas de pain à offrir.

Noël ne s'en étonna pas et demanda où en étaient les récoltes, question la plus cruciale dans un domaine agricole. Fernand expliqua qu'il s'était risqué à emblaver une petite parcelle du peu de blé tendre qui leur restait, mais que ça poussait menu. Il espérait, néanmoins, en récolter suffisamment pour les semailles d'automne. Il ajouta encore que les fenaisons s'annonçaient bien, et qu'ensuite, on faucherait le sarrasin, et qu'on se contenterait de pain noir pour l'hiver.

Noël comprenait bien que c'était par délicatesse que le père ne voulait pas transformer le repas en séance de question publique, et qu'il souhaitait, avant tout, ne pas mettre Dix-sous mal à son aise. Cependant, il devinait dans le regard des autres membres de la maisonnée une curiosité subreptice et acérée à son endroit.

À la fin du repas, lorsque les hommes, ayant refermé leurs couteaux, posèrent le front sur leurs avant-bras pour un petit somme, Adèle proposa à Noël de mettre ses sabots pour faire visiter la ferme à son amie. Sous un soleil de plomb, alors que la nouvelle venue s'était émerveillée des dimensions du potager, ce fut à l'étable que Noël manqua défaillir de surprise : plus une vache, plus une ouaille et plus de cheval ! Adèle expliqua alors qu'ils s'étaient presque ruinés pour acquérir sept vaches et trente moutons, mais que, en accord avec d'autres *pagus* des environs, on avait fait partir toutes les bêtes rassemblées en troupeau en estive au bas de Chamechaude[1], avec un jeune taureau bien vaillant pour son âge ; que le prix qu'on donnerait au berger et à sa *fenna* serait largement compensé par celui qu'on obtiendrait des bêtes à la

[1] Chamechaude : le point culminant du massif de la Chartreuse.

Beaucroissant, à l'automne ; qu'on n'avait gardé que l'âne et les bœufs qui pâturaient près de la ferme jusqu'à la saison des foins ; qu'en attendant, on dégagerait autant de terres pour faire du fourrage supplémentaire. À l'évidence, Adèle avait pris l'autorité sur la ferme, et il ne restait aux Peupliers qu'un beau troupeau de chèvres.

Tandis que Dix-sous s'absorbait de nouveau dans la contemplation du potager, elle demanda à son frère si elle devait considérer cette fille comme sa belle-sœur, et où on devrait la faire dormir. Noël précisa qu'elle n'était qu'une camarade, et qu'ils ne dormaient pas ensemble. Adèle décréta, alors, que Dix-sous dormirait avec elle, dans le petit réduit qu'elle s'était aménagé pour entreposer ses livres en face de sa chambre. Le père pourrait aisément y aménager une couchette. À la question de savoir pourquoi on avait gardé les chèvres à la ferme, la réponse était une évidence : Ursule n'eût pas su vivre sans aller vendre ses fromages dans les multiples marchés des alentours, habitude qui lui avait permis de nourrir sa famille en toutes circonstances, et de se faire une renommée sans égale. Enfin, Adèle avait décidé qu'on s'attaquerait aux foins dès le lendemain, car on avait bien assez attendu le retour du « petit ».

Ce fut seulement à cette occasion que Dix-sous prit la parole : elle ne voulait pour rien au monde subsister sans faire sa part d'ouvrage et exigeait de participer à la fenaison, même si elle n'en connaissait nullement la pratique. Prétendant qu'elle apprenait vite, elle partit trouver le Fernand occupé à préparer ses faux, et qui fut fort ému de cette bonne volonté. Ce fut assurément par cette démarche qu'elle gagna le cœur du patron. Alors, en riant sous cape, Adèle lui offrit une paire de sabots devenus trop étroits pour elle, un devantier déjà usé et un grand chapeau de paille qui lui plut infiniment. De même, elle voulut aider au rassemblement des *chioures*[1] en criant *bli-bli-bli*, et aussi apprendre à traire, sans le moindre succès, car ce genre d'animal n'admet que la main qu'il reconnaît, et aucune autre. Elle balaya ensuite fort proprement la bergerie, puis assista avec intérêt à la confection des fromages. Enfin, alors que le soleil brillait encore, on mangea, et elle partit avec Adèle pour visiter ses appartements.

Nono et Bébert ayant disparu, comme cela leur arrivait souvent, Noël, resté seul avec ses parents, leur confia alors ses aventures grenobloises. Ils le félicitèrent de son succès scolaire, mais se soucièrent plus encore de sa compagne, qu'ils jugeaient bien entreprenante. Et on se coucha tôt, en vue des fenaisons.

Le lendemain, avec le chant du coq, les hommes se retrouvèrent pour préparer leurs faux en attendant que le soleil fît disparaître la rosée matinale. Alors qu'ils remplissaient leurs gourdes à la fontaine, ils virent arriver Dix-sous, maladroite dans ses sabots, qui venait s'aligner au rang des faucheurs. Le père Fernand eut pour elle un regard attendri, le même que celui qu'il réservait à son fils lorsqu'il était enfant. Sans se soucier des moqueries de Nono et Bébert, il l'emmena dans la remise pour lui confier une *goyette*[2], celle-là même qui servait à Noël lorsqu'il était encore petit.

L'herbage était proche, immense, et d'un seul tenant. Dix-sous trottinait entre ces hommes aux longues jambes, très sûre de faire partie de l'équipe. Les faucheurs battirent leurs instruments en attendant la chaleur, puis ils commencèrent à faucher en quinconce, le père en première ligne. Noël était heureux de sentir dans ses bras et dans son souffle qu'il n'avait rien perdu de sa dextérité, même si elle n'égalait pas celle du père, dont le balancement semblait se produire sans effort. De son côté, Dix-

[1] *Chioure* : chèvre, en patois dauphinois.
[2] Goyette : petite faucille.

sous se battait avec sa goyette pour nettoyer les bordures, couverte de sueur et sans grand succès. Fernand, qui gardait sur elle un œil bienveillant, finit par venir la trouver pour battre la lame de sa faucille, en lui recommandant bien de prendre garde à ne pas se blesser. Noël fut alors pris d'un sentiment étrange en les voyant : il s'installait déjà entre sa compagne et son père une certaine complicité, semblable à celle qu'il avait connue jadis, quand il était enfant.

Midi sonnant au clocher de l'église, la fille poussa des hurlements, car elle avait vu une couleuvre que le fauchage avait dérangée, ce qui fit sourire tout le monde. On retourna à la ferme, où les femmes attendaient pour servir[1]. À la fin du repas, qui fut bref, Dix-sous voulut imiter les hommes en posant son front sur ses poignets croisés, mais elle s'y endormit pour de bon, et Ursule, attendrie, ordonna qu'on la laissât reposer, car les foins n'étaient pas une affaire de *fillés*. Au coucher du soleil, lorsque les hommes furent de retour, ils en riaient encore. La lumière brillait à la fenêtre de l'Adèle. Noël monta l'escalier par curiosité, et trouva sa sœur occupée à lire l'introduction de l'*Encyclopédie*, tandis que Dix-sous en admirait les illustrations.

Le jour suivant, Ursule l'emmena au marché voisin. Elle en revint enchantée, car elle avait été l'objet de toutes les curiosités. Elle déclara à Noël, le soir même, que le lieu où il l'avait conduite était le paradis sur terre, que son père était beau comme un dieu, et sa sœur la personne la plus savante qu'on pût connaître. Manifestement, elle ne regrettait pas ni la ville ni l'auberge de Grostambour ; il en fut étonné et comme un peu contrarié.

[1] Durant les fenaisons et les moissons, les femmes ne mangeaient pas à table, ce qui ne tenait nullement de la servilité : il ne s'agissait que de limiter au plus juste le temps de repos des hommes, avant de les renvoyer dans les champs au plus vite.

Après le repas et avant de prendre soin des chèvres, les hommes partirent aux champs pour voir comment séchait le foin. Les femmes décidèrent de profiter de cet instant de tranquillité pour se laver. Chacune à son tour se dévêtit sommairement près de l'abreuvoir avec un seau, et Dix-sous fit encore une fois la démonstration de son impudeur, tandis qu'Adèle et Ursule l'épiaient à travers le carreau, afin de voir si elle possédait bien tout ce qui convient pour faire une bonne nourrice. Ce fut le cas, sans conteste. Pour pouvoir en parler plus librement, elles l'envoyèrent chercher les œufs avec un petit panier ; Adèle la jugeait fort éveillée et plaisante, mais Ursule était plutôt fâchée, car elle avait pour projet de marier son fils à la fille des Gonin, qui avait de la terre à n'en plus pouvoir, et dont elle était l'unique héritière. Sa fille protesta : il n'était plus de mise de marier une fille ou un gars en fonction de son bien. D'ailleurs, arguait-elle, lorsque sa mère avait connu le père, elle-même ne possédait qu'une chèvre, et lui guère plus, et ça ne les avait pas empêchés d'être heureux ; ce à quoi l'Ursule répondit avec une mauvaise foi évidente qu'elle s'étonnait encore qu'un si bel homme eût pu s'intéresser à elle. Adèle avait l'habitude d'entendre cette chanson et l'histoire du Fernand, venu avec son frère Bertrand pour la sortir de la misère.

Ce frère, elle ne l'avait pas vu souvent, bien qu'il fût son parrain. Il parlait souvent de Versailles et de la Russie, où il avait longtemps séjourné. Quelques années auparavant, alors que Noël était encore jeune gars, il l'avait emmené en Provence, pour lui faire connaître le domaine qui devait, un jour, lui revenir. Comme ce fut long, cet hiver, pour Adèle privée de son petit frère ! Ce fut une époque où, ne se sortant plus du chagrin, elle s'était mise à écrire les histoires qu'elle ne pouvait plus lui raconter, en vue de son retour. Et puis, comme atteinte d'un mal insidieux, elle s'était créé un petit monde à elle, dont les personnages lui faisaient office de seconde famille, qu'elle retrouvait chaque soir avant de dormir, dans le secret dc sa chambre. Lorsque Noël était revenu avec des dessins du château de Montalban et des rues de Toulon, elle avait nourri son histoire de ce voyage qu'elle n'avait jamais fait.

Même à Simon Muguet, le curé du village, qui lui avait appris à lire et à écrire, elle n'avait jamais su parler de cette sorte de vice qui la faisait partir dans un monde qui n'appartenait qu'à elle seule, et qu'elle avait créé en se substituant à Dieu, ce qui était pécher. Elle le suspectait, d'ailleurs, d'en faire autant devant son globe terrestre. Ce n'était pas, au début, une histoire achevée, mais un ensemble de fabliaux et de portraits, où se côtoyaient princesses, chevaliers et seigneurs de guerre, avec des damoiselles recluses dans des donjons, ainsi que nombre de gens du commun, décrits au jour le jour et qu'elle aurait eu honte à faire lire. Il s'y trouvait les souvenirs de son père, du temps où il parcourait les chemins de la montagne, comme ce Paul auquel il rendait quelque visite, à l'automne, dont il revenait parfois avec *une ièvre*, dont sa mère faisait des pâtés qu'elle vendait fort cher sous le manteau ; ou encore les infinités glacées de la Sibérie que décrivait son parrain qui avait vécu, jadis, dans l'entourage du Tsar de Russie. Elle y rajoutait, à l'occasion, les tristes souvenirs de Lucette, la vieille fille de ferme qu'on gardait encore à la maison, par pure charité.

Depuis l'arrivée de Dix-sous, au fil des heures, elle se demandait quel rôle elle pourrait lui attribuer dans ses écrits secrets, à cette fille si jolie, si gaie, si courageuse et sans timidité aucune. Pourtant, elle savait, d'ordinaire, détecter les menteries, mais dans ce cas précis, elle n'en trouvait aucune. Alors, elle décida de s'entretenir avec son frère pour en apprendre plus sur ce moineau de la ville. Lorsque le père fut parti voir si le foin séchait convenablement, elle recommanda à sa mère d'emmener

Dix-sous au marché de Voiron, et sitôt qu'elle fut seule avec lui, elle entreprit de lui faire avouer toute la vérité sur cette fille mystérieuse.

Ce ne fut pas très difficile. Noël ne lui avait jamais rien caché et elle le connaissait comme s'il avait été son propre enfant, mais avec, cependant, ce rien de complicité qui règne entre frère et sœur. Elle recueillit ses confidences avec toute l'affection dont elle était capable, entendit en riant son aventure avec Aimée-Chantale, et s'étonna de la vigueur avec laquelle Dix-sous l'avait éconduit, avant leurs retrouvailles, lors de la journée des Tuiles. Elle lui proposa de lui donner son explication personnelle sur cette réaction, mais ce fut à son tour d'être payée de mauvaise humeur. Noël, le petit Noël, si doux, si tendre, si docile, la pria gentiment de le laisser régler seul ses affaires sentimentales, arguant qu'il était assez grand pour se passer de l'avis de toutes ces *fennés*, et qu'il avait suffisamment de jugeote pour conduire sa vie à sa guise.

Adèle comprit, ce matin-là, que le petit Noël était devenu un homme. D'abord vexée, elle dut bien reconnaître, en son for intérieur, que son frère était dans son droit. Mais c'était une évidence qui ne lui convenait pas : au fil des ans, elle avait appris à régenter seule la ferme, depuis l'époque lointaine où elle commandait à Nono et Bébert. À présent qu'il lui venait des cheveux gris, elle entendait bien finir ses jours en lisant, en écrivant, et en gérant de main de maître l'exploitation agricole de sa famille. C'était même pour cette raison précise qu'elle avait prévu de faire de son frère puîné un avocat ou un dessinateur célèbre, tout ce qu'il voudrait, mais pas le maître de la propriété des Guiguenet, métier pour lequel il n'était pas fait. Et *voilà-t'y pas* que le péril se profilait en une belle-sœur dont elle devinait déjà la malice. À aucun prix elle n'accepterait de lui céder ne fût-ce qu'une once de son autorité. Comme à son habitude, elle réagit avec le sourire, en se réservant le droit de la circonvenir par autant d'amabilités qu'elle savait en déployer, et par autant de bienveillance dont elle était capable, car, au fond, cette fille ne lui déplaisait pas, et elle pensait que son petit frère avait fait un bon choix.

Restait à savoir lequel avait choisi l'autre…

Chapitre XII

Au fil des jours, Dix-sous prit une place éminente chez les Guiguenet. Après les fenaisons, on fana et on monta les *cuches*[1] près de la ferme. Et toujours elle était là, gambadant parmi les andains pour se faire un bouquet de fleurs, montant sur le char à foin avec vivacité et un rien d'impudeur, s'émerveillant de la force de Pilon et Chaley[2], relevant avec délicatesse leurs émouchailleuses[3] pour caresser tendrement leurs mufles humides et posant mille questions. Peu à peu, elle concentra sur sa personne l'attention de chacun et, même si elle ne faisait preuve d'aucune utilité réelle, car ses tentatives de sérieux s'avéraient vaines dans la plupart des cas, elle répandait partout sa gaieté et sa joie de vivre. Le père répondait à ses questions en souriant ; la mère commençait à se faire à sa présence ; Nono et Bébert la taquinaient pour le seul plaisir de ses réponses lestes et cinglantes ; Adèle appréciait sa compagnie et lui racontait des

---

[1] *Cuches* : hautes meules de foin qu'on dressait autour d'un pilier, et qu'on « peignait » ensuite, pour permettre à la pluie de ruisseler vers le sol. Une belle *cuche* est un chef-d'œuvre de savoir-faire.

[2] Traditionnellement, le bœuf de gauche se nommait Pilon, et celui de droite Chaley, ce qui permettait de les diriger à la voix.

[3] Sortes de franges qu'on plaçait sur les yeux des bœufs, afin de les protéger des mouches.

histoires d'amour bêtes à pleurer, mais qui l'enchantaient grandement.

Pourtant, son inutilité n'était qu'apparence, car elle semait la joie partout où elle allait. Noël, tout en riant de ses pitreries, se sentait un peu délaissé, car il avait l'habitude d'être l'objet de toutes les attentions. Aussi, bien qu'il eût dû être le héros des circonstances de son retour, il voyait sa primauté lui échapper au profit de Dix-sous. Alors qu'il s'était inquiété de l'accueil qu'on réserverait à la ferme à sa compagne, il constatait que l'entregent dont elle faisait preuve rendait ce souci parfaitement infondé. Le jour, il devait travailler aussi dur qu'on le doit lors des moissons, du lever au coucher du soleil. Le soir, elle se retirait avec Adèle sans plus s'occuper de lui, pour entendre de nouvelles histoires ou admirer des images. Il aurait eu honte de penser qu'il était jaloux, car c'était bien lui, après tout, qui l'avait conduite aux Peupliers, mais il constatait avec étonnement qu'elle lui dérobait les privilèges et les attentions dont il bénéficiait autrefois, alors qu'à lui, on réservait maintenant les exigences qu'on attend d'un homme. Jamais il ne pouvait s'entretenir avec elle en particulier, comme si sa famille la lui avait volée.

Un matin, alors qu'on s'apprêtait à engranger la paille, on eut la surprise de voir arriver la voiture d'Antoine Rabot. Il apportait des nouvelles de la ville : contrairement à ce qu'il craignait, la réaction du Roy de France n'avait pas déclenché de carnage. Probablement, ce brave homme de Louis XVI était-il trop attristé de la santé de son jeune fils Louis-Joseph, devenu infirme, et qu'il promenait en personne sur un fauteuil roulant dans les jardins du palais de Versailles1.

---

[1] Le dauphin était atteint de tuberculose vertébrale, ou « Mal de Pott ».

Les notables de Grenoble avaient exploité aussitôt cette indifférence apparente pour réunir au château de Vizille les États Généraux du Dauphiné, dès la semaine qui avait suivi la fameuse journée des Tuiles. Profitant de la royale inertie, ils avaient décidé de doubler la représentation du tiers État et de prendre des arrêtés sur un vote individuel, et non plus par ordre. Dans toute la contrée, on ne parlait plus que de citoyens et de patrie. Le pire était que le bruit de cette petite révolution dauphinoise se répandait dans toutes les provinces du royaume, recevant, en général, l'approbation du peuple. Barnave et Mounier étaient partis pour Paris, pour tenter de faire enregistrer ces décisions par le Parlement de France. Ce sujet était près d'égaler en importance celui du prix du pain.

Fernand s'empressa de le rassurer : d'ici deux mois, ils auraient du pain noir. Juste le temps de séparer le bon grain de l'ivraie[1] et d'en faire la mouture. Pour le pain blanc, il faudrait encore attendre une année, car ce qu'il avait récolté lui servirait aux semailles de l'automne.

Enfin, on en vint à ce qui représentait la raison essentielle de son voyage : il demandait pardon de leur avoir imposé l'amie de Noël, en les contraignant à l'héberger durant la saison chaude, mais il était tout disposé, maintenant que la paix semblait de retour, à la ramener en ville.

La malheureuse Dix-sous baissait déjà le nez, pensant que l'heure était venue pour elle d'être chassée du paradis terrestre, tournant vers Noël un regard suppliant, comme pour lui demander son verdict, et toute la tablée semblait en faire autant.

---

[1] L'ivraie, ou *Lolium*, ou ray-grass, est une graminée qui pousse parmi les tiges du blé, et qui, relativement toxique, provoque une certaine ébriété et des troubles neurologiques, d'où son nom. On l'appelait aussi *zizanie*, de son nom grec *zizanion*, d'où l'expression « semer la zizanie ». Il faut donc séparer le bon grain de l'ivraie, avant de le moudre ou de le semer.

Ce dernier, comprenant qu'on lui faisait le grand honneur de le laisser juge de la décision, se tourna vers son père avec solennité.

— Père, il est vrai que c'est moi qui ai conduit cette fille sous ton toit, où tu as bien voulu l'accueillir, par bonté pour ton fils. Aussi ne restera-t-elle que si tu y consens, car c'est toi le maître, *itieu*.

— Dans ces conditions, s'empressa de répondre Fernand, qu'elle demeure chez nous autant qu'elle le souhaitera, car nos récoltes ont été suffisamment bonnes. Veux-tu rester, Dix-sous, au moins jusqu'aux vendanges ?

L'invitée, ordinairement si diserte, ne sut que répondre et, la larme à l'œil, opina doucement de la tête en se voyant cernée par d'affectueux sourires. Même la vieille Lucette poussa un grincement de satisfaction, semblable à celui que produit la charnière rouillée d'un portail resté clos durant des années. Il faut dire que Dix-sous, depuis son arrivée, l'aidait à se coucher, à se lever et à manger à table. Avec son aide, elle avait même repris un peu de service à la fromagerie, office insignifiant, mais qui lui rendait un peu de sa dignité d'antan.

La fille, cependant, ne sut pas remercier, car elle n'avait pas encore appris à le faire, étant plutôt d'une nature à *faire sa fière*. Elle se contenta d'adresser à Noël un beau sourire et un clin d'œil complice, tandis qu'Ursule invitait Antoine Rabot à passer à table.

Sitôt après la prière, Antoine Rabot s'enquit de la date du retour des bêtes de l'estive. On lui répondit vaguement, voyant bien que ce sujet le concernait si peu qu'il lui était presque indifférent, et qu'il avait d'autres soucis en tête. De fait, après avoir longuement bavardé en tournant autour du pot, il annonça qu'il ne pourrait probablement pas accueillir Noël durant toute la saison froide, comme il l'avait fait les années précédentes. Il envisageait, en effet, de se retirer en Provence, Miette souhaitant racheter la propriété de son frère Bertrand, et ayant reçu l'offre d'un sieur Jouvin pour sa ganterie, à laquelle la haute réputation valait une riche clientèle à Paris, en Allemagne et surtout en Russie. Cette offre étant appréciable, il s'était résolu à céder sa propre affaire de draps à ses neveux Louis-Auguste et Maxime-Albert Charpentier, qui la paieraient à tempérament. Avec son épouse Miette, ils pensaient quitter le Dauphiné avant le printemps et, de ce fait, ne pourraient plus prendre soin de leur garçon. Cependant, ils avaient imaginé un palliatif à cette difficulté : dans le contrat de vente figurait un article stipulant que l'usage de l'appartement serait réservé *sine die* à Germaine Fayollat, car monsieur Jouvin et sa famille ne se logeraient pas à la ganterie, lorsqu'elle serait à eux. Par conséquent, la chambre de la Grand'Rue serait libérée et disponible pour Noël, si ses parents acceptaient l'idée qu'il était d'âge à vivre seul ; qu'eux-mêmes se trouveraient privés du revenu des loyers de cette chambre qui leur avaient rapporté bien deux ou trois fois le prix de son achat. Fernand affirma alors que ce qui était à lui appartenait pareillement à son fils, mais qu'il doutait seulement de sa capacité à entretenir proprement un logement et à se nourrir convenablement.

Noël porta machinalement ses yeux vers la table, pour tenter d'échapper aux regards narquois de l'assemblée, et tomba comme par magie sur ceux de Dix-sous qui avait redressé la tête, comme pour lui dire de réagir, ce qu'il fit en proclamant qu'il saurait bien s'y prendre. Antoine, pour finir, donna des nouvelles de Bertrand, qui s'était rendu à Paris où il possédait un petit hôtel particulier dans le faubourg Saint-Honoré, qu'il souhaitait vendre également. Il serait certainement de passage à Grenoble à son retour, avant d'aller surveiller, pour la dernière fois, sa récolte d'olives et ses vendanges.

— Mais où se logera-t-il, lorsqu'il aura vendu tous ses biens ? demanda Adèle. Chez nous ?

— Il sera à la tête d'une belle fortune, et partira sans doute vers d'autres cieux, avant de revenir, car c'est un homme qui ne tient pas en place, et que même l'âge n'a pas su assagir. Peut-être, en effet, s'installera-t-il chez vous, mais bien malin qui peut le dire.

Lorsqu'ils ressortirent, la chaleur s'était faite lourde et le ciel s'assombrissait vers Saint-Marcellin. Prévoyant de l'orage avant la nuit, Antoine Rabot décida de se mettre en route pour s'en retourner au plus vite à Grenoble. Avant de partir, il embrassa Ursule et sa fille, et en fit autant avec Dix-sous, ce qui signifiait son entrée officieuse au sein de la famille. Elle en eut un petit air satisfait qui n'échappa pas à Noël.

— Voilà un bien beau temps pour aller aux écrevisses, proposa Adèle. Vous devriez partir à la pêche avant l'orage, tous les deux.

Adèle avait toujours de bonnes idées pour se distraire, mais toujours ces idées allaient de pair avec d'autres projets qu'elle avait derrière la tête. Noël, qui estimait sa sœur au point de lui vouer une confiance aveugle, tout en la connaissant bien, comprit aussitôt qu'elle voulait offrir à son puîné l'occasion d'un entretien particulier avec sa compagne. Ils se mirent donc en chemin sans attendre. L'endroit rêvé pour braconner écrevisses ou truites n'était pas très distant de la ferme, et peu fréquenté, car inculte. C'était une *vourey*[1] où le ruisseau cascadait de-ci, de-là, entre de gros rochers, sous de grands arbres majestueux. Dieu seul savait, ou peut-être Satan, combien de *fillés* avaient perdu leur innocence sous leurs frondaisons discrètes et complices, et peut-être même Adèle en premier lieu. Ils marchèrent avec allégresse, et Dix-sous, d'autorité, avait pris la main de son compagnon, ce qui était bien naturel de la part d'une amie intime. Noël, sitôt

[1] Une *vourey* : une friche, en patois dauphinois.

qu'ils furent éloignés de la ferme, saisit l'occasion de leur solitude pour lui poser les questions qui lui brûlaient la langue depuis tant de mois :

— Dis-moi, Dix-sous, n'es-tu pas gênée de te montrer toute nue devant le monde ? C'est quand même là un bien curieux métier…

— Ce n'est pas mon métier ! C'est juste l'occasion de gagner quelques sous, dix ou quinze, parfois vingt. Et pour ce qui est de savoir si ça me gêne, ça dépend de qui m'observe, et des yeux qu'on pose sur moi.

— Que veux-tu dire ?

— Si ce sont les yeux d'un véritable artiste, qui cherche des traits ou des ombres pour réaliser son œuvre, ça ne me dérange pas vraiment, sauf que j'ai froid et que c'est pénible de rester longtemps immobile.

— Et pour les autres ?

— Les autres ? Ce sont de vieux cochons qui cherchent la meilleure place pour me reluquer. Je les méprise. Ou alors, ce sont des femmes qui me jugent comme une traînée et me jalousent parce que je suis jeune. Je ne les aime pas non plus. Mais enfin, d'être nue n'est pas une chose mortelle, à moins qu'il fasse trop froid. Un mauvais moment à passer, seulement…

— Et moi, alors ? Comment m'as-tu ressenti ?

— Toi ? répondit-elle après s'être remémoré la séance de pose. Au début, tu m'as gênée, parce que tu étais jeune et beau, de mon âge ou à peu près. Et puis, j'ai vu dans ton regard que tu étais bien réservé. J'ai même cru que tu ne t'intéressais pas aux femmes.

— Comment ? gronda Noël.

— Ben oui, quoi, ça existe, ce genre de gars ! Mais plus tard, lorsque j'ai vu comment tu examinais mon visage, j'ai senti que je te plaisais, que tu étais un artiste véritable, et que tu tenais à m'éviter de me sentir mal à l'aise. Ça m'a plu. Alors, j'ai été encore plus gênée…

— Tu n'es pas simple.

— Mais si, voyons ! Si tu ne comprends pas, c'est que tu ne connais rien aux femmes. Imagine un peu, si ça avait été toi qui posais nu devant moi tout habillée avec un carnet et un crayon…

— Je peine un peu à imaginer ça. Et puis, pourquoi m'as-tu parlé si durement, plus tard, pour me rejeter dans ton couloir comme un malpropre ?

Dix-sous eut un silence triste, devant lequel Noël fut pris de pitié. Il craignit de lui avoir parlé trop rudement.

— Je pensais avoir été galant et aimable avec toi, ajouta-t-il plus doucement. Alors, comprends mon étonnement, et explique-toi, entre nous, s'il te plaît.

— C'est vrai. Mais à toi de comprendre : je te voyais si beau et délicat, et aussi tu m'avais mis sur le dos une cape comme je ne rêvais pas d'en porter une un jour. Et qu'avais-je à t'offrir en retour ? Le spectacle de ma pauvreté, et de la misérable chambre où je logeais. J'avais honte. J'ai cru m'être trompée sur toi, et que tu ne voulais que profiter de ces circonstances, comme les autres. J'ai été déçue, et ça m'a mise en colère. Voilà tout.

Comme il n'y avait plus rien à rajouter, et qu'ils arrivaient au lieu-dit Le Vourey où foisonnaient truites et écrevisses, Noël quitta ses sabots et entra en grimaçant dans l'eau froide, jusqu'à ses genoux, puis se redressa, dans l'idée de donner à Dix-sous sa première leçon de pêche, mais il ne la vit plus. Elle s'était cachée derrière un gros buisson. Croyant aux nécessités d'un besoin naturel, il se perdit dans l'observation du fond du ruisseau, jusqu'à l'instant où il la chercha de nouveau du regard. Loin d'avoir disparu, la belle était entrée en silence dans l'onde glacée jusqu'aux épaules. Elle ne portait même plus le joli bonnet de coton que lui avait offert Adèle, et ses cheveux, en s'étalant sur l'onde, semblaient créer une île magique d'où émergeait l'éclat de ses yeux verts auxquels se mélangeaient des paillettes dorées. Aussitôt qu'elle se vit observée, elle sortit de l'onde, nue comme la Vénus anadyomène[1] du peintre Botticelli, dont Noël avait contemplé la reproduction dans un livre secret de la bibliothèque du Collège royal. Elle le fixait avec gravité, sans surprise, écartant sa chevelure pour exposer le nacré de sa peau sur lequel l'ombre *jaille* d'une branche agitée par le vent d'orage parsemait des taches plus sombres qui semblaient s'affoler de sa beauté.

— Tu voulais me voir, prononça-t-elle sans se départir de son sérieux. Alors, regarde-moi !

Bêtement pris d'un accès de pudeur stupide, Noël se couvrit les yeux d'abord, puis s'approcha de la berge, y retrouvant ses sabots. Enfin, voyant que Dix-sous se rapprochait de lui et pris d'un curieux besoin de vengeance, il lui tourna le dos et partit au petit trot à l'instant où elle avait gagné la rive. Les oiseaux se turent devant l'orage menaçant, mais aussi peut-être devant le spectacle de cette beauté qui courait nue après un homme.

— Regarde-moi ! criait-elle, de plus en plus impérieuse, puis bientôt plaintive et presque implorante.

Noël jugea alors que la punition avait assez duré. Il fit volte-face pour la voir se jeter contre lui, toute fraîche et humide de l'eau du ruisseau. Il lui ouvrit ses bras. Elle s'y blottit bien vite, en lui disant qu'il était méchant, et en lui demandant si elle ne lui plaisait plus. Ce fut alors, à l'instant où il s'apprêtait à trouver les mots justes pour lui dire son émerveillement, que le premier éclair les éblouit, suivi d'un craquement terrible du ciel, forcément

[1] Vénus anadyomène, ou Aphrodite sortant des eaux : la mythologie raconte qu'elle naquit du bouillonnement créé par les génitoires du dieu Uranus, dieu du ciel étoilé, émasculé par son fils Saturne et qui les avait jetées dans la mer Tyrrhénienne.

déclenché par les mânes d'Uranus, roi du ciel. Mais Noël, qui n'avait pas subi le même genre de supplice que lui, sut vite lui démontrer à quel point il était ébloui de ses beautés. Il la serra contre lui, navré de n'avoir que deux mains pour la retenir. Elle respirait fort, et guidait les caresses auxquelles elle se soumettait sans réserve. Les premières gouttes de pluie froide ne surent pas les interrompre, pas plus que les suivantes. Tous deux avaient déjà perdu la notion du temps qui passait, comme celle du temps qu'il faisait.

Lorsque l'orage tourna vers les sommets de la Chartreuse, ils ne pouvaient plus se séparer ; et quand ils s'y résignèrent, ils se retrouvèrent trempés comme deux soupes, sous les rires moqueurs des oiseaux qui saluaient la fin de l'orage. Ainsi, ce fut bredouilles qu'ils regagnèrent la ferme en se serrant très fort par la taille et en se mangeant des yeux, avant de raconter qu'ils s'étaient fait surprendre par la pluie et de se réchauffer ensemble au coin du feu, n'ayant dupé personne, mais plus heureux que des rois de leur escapade.

Le soir, ils restèrent encore devant l'âtre, même quand toute la famille fut montée au lit. Et, à voix chuchotée, tout en partageant des baisers et de tendres jeux de mains, ils surent encore se confier l'un à l'autre sans voir passer la nuit. Noël apprit enfin un peu de l'enfance de Dix-sous, et le parcours qui l'avait amenée, un soir, dans les salons de la dame Raby.

Un parcours bien difficile…

Chapitre XIII

Dans les familles qui savent s'entendre et où règne la paix, on sait taire ses colères et respecter le choix de chacun. C'était le cas aux Peupliers. C'est pourquoi, au fil des semaines où se déroulèrent les moissons, puis le battage, chacun sut garder sa réserve et accepter, peu à peu, la fantasque Dix-sous. Ses parents, voyant à quel point il s'était épris d'elle, renonçaient à leurs rêves de voir Noël intégrer les rangs de la haute bourgeoisie dauphinoise et acceptaient, un peu à contrecœur, de le laisser maître de sa vie sentimentale. Ce fut un peu plus long pour Ursule, sa mère, qui n'était guère sensible à ses sempiternelles pitreries, et un peu plus rapide pour Adèle qui avait couvé son frère comme son enfant depuis toujours. Lorsqu'on en eut fini avec les récoltes, et en attendant vendanges et semailles, avait lieu une joyeuse fête au village de Rivay, pour clore une saison qui, sans être extraordinaire, s'était avérée suffisante pour nourrir les familles. À Dix-sous, on accorda l'insigne privilège d'accompagner la famille Guiguenet, habillée de propre avec une robe que lui avait prêtée Adèle.

C'était la fête la plus joyeuse qui fût. À la saison où les arondes commençaient à se rassembler sur les branches pour s'envoler vers le Midi, on s'y rendait en famille, les reins fourbus par le fauchage et les épaules démontées par les fléaux, en attendant la joie tranquille des labours. On y apportait quelques bouteilles de vin, en attendant les vendanges, et des gâteaux pour les enfants, afin que chacun fût heureux. Et, dans ce but, la famille Guiguenet avait son rang à tenir. On avait accroché des fleurs au front de l'âne et on chantait en chœur. Depuis longtemps, papistes et huguenots s'étaient réconciliés et se toléraient, même si on se regardait parfois de traviole[1], en souvenir des horreurs dont les plus vieux parlaient encore. Les premiers célébraient une messe d'action de grâce, et les seconds veillaient à en attendre la sortie pour déboucher les bouteilles et commencer les festivités.

Quand bien même on se fût parfois aidés durant les moissons, chacun était heureux de retrouver ses concitoyens avec l'esprit libre. Noël pouvait rencontrer ses amis d'enfance qui, tous, s'émerveillaient de le voir devenir un Monsieur de la ville. Il lui fallait répondre à une kyrielle de questions et, en retour, s'inquiéter de leurs projets, de leurs passe-temps et de leurs ambitions. En général, ils étaient de gros travailleurs durs au mal, francs du collier, et attachés à leur terre comme à une mère nourricière, avec de grosses mains rouges aux doigts épais. Noël dut apprendre la mort de certains et le départ de certaines, et l'évocation de leurs souvenirs de jeunesse prit un long moment, jusqu'à l'heure où la cloche de l'église sonna la fin de la messe.

Tandis que sortaient les fidèles qu'on saluait sans effusion d'un simple hochement de la tête, le jeune étudiant cherchait des yeux sa Dix-sous qu'il n'avait pas surveillée depuis presque une heure perdue à discuter avec ses amis. Et lorsque le curé Muguet apparut au porche du lieu saint pour en refermer la porte, ouverte toute grande pour la circonstance, ce fut une surprise terrible : il

[1] De traviole : de travers, en patois dauphinois.

était accompagné de Dix-sous qui clignait des yeux en retrouvant la lumière et avec laquelle il semblait en grande conversation. Le vieux curé paraissait tout réjoui. Pour une famille de huguenots notoires comme les Guiguenet, ce pouvait être là une véritable marque d'infamie, même si ce vieux curé jouissait de l'estime générale de la menue population rivaysaine. Il s'approcha à grands pas du prêtre, dans l'espoir de soustraire son amie à cette fréquentation indigne, mais il arriva trop tard. Le curé lui proposait déjà de lui montrer sur son globe terrestre le lieu probable des origines de sa famille. Aussitôt, mettant à profit l'enthousiasme de la jeune fille et l'autorité que lui conférait son état de curé, il les entraîna tous deux vers son petit presbytère qui jouxtait son église. C'était là que trônait le globe qui l'avait accompagné durant ses recherches, et lui avait servi de support pour enseigner l'histoire sainte à tant et tant de ses jeunes ouailles qu'il préparait à la sainte communion ; une véritable icône pour les papistes du village, et dont les contours s'étaient presque effacés à l'endroit de Nazareth, de Bethléem et de la Palestine, pour avoir été trop souvent désignés du doigt catéchumène. Pourtant, ce n'était pas ces saintes villes qu'il souhaitait montrer à Dix-sous. Faisant tourner son globe à l'encontre du soleil, il amena son esprit dans un pays dont le dessin était encore net : la Germanie. Là, il leur montra le fin tracé d'une rivière, la Lippe, près de la ville de Münster.

Hermannsdenkmal
Grotenburg

— Voici le lieu où s'étend la forêt de Teutobourg, où un guerrier teuton, Armanius ou Herrmann, infligea à Rome sa première défaite qui n'était que le prélude à l'effondrement de son puissant empire. Ces Teutons, féroces et combattifs, avaient attaqué les légions romaines, alors qu'elles traversaient la forêt. Fondant sur elles depuis une colline, ils avaient taillé en pièces les légionnaires, mettant à profit l'épaisseur de la forêt, ce qui interdisait aux légions de se ranger en ordre de bataille. Ce fut un combat sans merci, et une défaite mémorable pour l'Empire de Rome. Sur la colline d'où étaient parties les troupes germaines, on édifia bientôt un mémorial. On nommait ce lieu Grotenburg !

Dix-sous s'écarquillait les yeux sur le petit point d'encre du globe terrestre, demandant si c'était bien là l'origine de sa famille. Le vieux curé répondit avec un petit rire attendri :

— Non, mon enfant. Ce point, c'est seulement la cathédrale de Münster. Grotenburg est un lieu trop menu pour figurer sur ce globe terrestre.

La jeune fille regardait le vieux curé ridé comme s'il avait détenu tout le savoir du monde, et Noël s'en trouva quelque peu irrité. Il devinait que, s'il la laissait faire, le prêtre serait abreuvé de tant de questions qu'il serait contraint à raconter l'histoire de l'Empire romain d'Auguste à Augustule. Il ouvrit donc la porte du presbytère, pour signifier au curé que l'heure n'était plus à la leçon d'histoire. Justement, Fernand arrivait. Depuis la fête des enfants, où les plus anciens avaient pu voir passer le carrosse du Tsar de toutes les Russies, le privilège lui revenait d'inviter le curé à la table commune, pour fêter la concorde qui régnait, depuis, entre les habitants du village.

— *Monseu l'Queura !* Viendrez-vous boire un gorgeon avec nous, juste pour trinquer ? demanda-t-il avec amabilité.

— Avec grand plaisir, Fernand. Je causais avec l'amie de ton fils, qui chante si joliment les cantiques et connaît si bien les répons de la sainte messe que j'en suis tout ébloui.

Simon Muguet avait tenu ces propos pour tenter d'en savoir plus, profitant de ce que les trois hommes étaient encore dans l'entre-soi. Il s'étonnait tout simplement de voir une si bonne chrétienne fréquentant une famille de huguenots obstinés, et se réjouissait, à titre personnel. Mais lorsqu'il vit la mine de Fernand et de Noël s'assombrir, il comprit qu'il faisait un impair et dériva sur d'autres questions plus communes : comment s'étaient déroulées les récoltes ? Et comment se présentaient les vendanges ? Fernand, avec la sagesse de son âge, savait faire preuve de retenue, plus que son fils qui, dès qu'ils approchèrent de la table où l'on avait disposé le vin et les gâteaux, s'empressa de saisir Dix-sous par le bras pour l'emmener à l'ombre du gros tilleul qui jouxtait l'atelier du forgeron.

— Dis-moi, mauvaise fille, tu ne m'as jamais dit que tu étais papiste et que tu savais chanter la messe. Pourquoi me l'avoir caché ? Tu sais bien que nous autres, les Guiguenet, sommes huguenots de longtemps et ne fréquentons pas les églises.

Retirant vertement son bras de l'emprise de Noël, Dix-sous prit le petit air buté qu'elle adoptait lorsqu'elle voulait défendre sa cause.

— Je ne t'ai rien caché. C'est toi qui ne m'as rien demandé, et je t'ai raconté sincèrement toute ma vie, lorsque ma mère a disparu, et qu'on m'a enfermée chez les bonnes sœurs, à côté de la caserne, et que je m'en suis sauvée bien vite. Mais j'avais eu le temps d'apprendre des prières ; et même, on voulait me baptiser, si tu veux savoir, mais ça me faisait peur. Ensuite, écoute-moi un peu, si la colère ne te rend pas *beunâte* au point de t'ôter la raison. J'ai dû mendier mon pain ; je te l'ai dit. Et je mendiais à la porte de l'église Saint-André, sans oser y rentrer, mais j'entendais la messe bien souvent, et les cantiques et les répons, et les orgues, et les prêches qui m'enseignaient le beau langage. Je ne les comprenais pas, mais, à force, je les ai retenus quand même. Tu me crois, au moins ?

— Mais pourquoi ne nous en as-tu jamais parlé ?

— Parce que ce serait une fierté, peut-être, d'avoir été orpheline et puis mendiante ? Non pas ! C'est une honte, pour moi, et que je n'aime pas à raconter. Voilà pourquoi, devant ce curé si gentil, je me suis sentie forcée au mensonge. Et lorsqu'il m'a demandé mon nom, j'ai dit Grostambour, comme j'aurais dit autre chose, parce que c'est le nom de Gavalie, ma complice et mon amie. C'est lui qui en a déduit que j'étais allemande, et je n'ai pas osé le détromper, parce que je voulais savoir ce qu'il me montrerait.

Noël n'était ni sot ni dénué de sens humain. Il se rendit compte, alors, que son attention avait été détournée par les atouts charnels de la fille, et par ses yeux de malachite, quand le soleil brillait. Mais en réalité, il ne la connaissait pas, sinon au sens biblique du terme. Son propre père, il le savait par Adèle qui le tenait de l'oncle Bertrand, avait été au bagne dans sa jeunesse, et il n'aimait pas en parler. Chaque famille, comme le disait maître Barnave, avait son lot de hontes, sur lesquelles régnait un interdit tenace, et il était imprudent de relever le coin du tapis pour découvrir les ordures qu'on y avait dissimulées. Il ne fallait pas, professait-il, les ébruiter si l'on venait à les apprendre dans le secret de son exercice. Lui-même, Noël, avait grandi dans le confort douillet d'une famille aisée, dorloté entre deux mères et un père que l'âge avait attendri, dispensé des rudes travaux au moindre rhume, consolé au plus petit chagrin, enseigné avec application, abreuvé de tisanes et couvert de cadeaux. Et maintenant, il avait commis cette faute impardonnable d'avoir mesuré le monde à l'aune de son enfance particulière. Il le savait, pourtant, que certains des enfants qu'il fréquentait recevaient le fouet ou le bâton, couchaient parfois dehors en hiver et devaient faire face à la dureté de leurs mères et à l'ivrognerie de leurs pères. Tous ces malheurs, il les savait, mais faute de les avoir vécus lui-même, il avait agi comme s'ils n'existaient pas, n'ayant personnellement subi qu'un ou deux petits coups de pied aux fesses purement didactiques. Rentrant en lui-même, il jugea qu'il était en passe de devenir un monstre d'égoïsme incapable de commisération, défaut qu'il avait parfois reproché à d'autres sans savoir se regarder lui-même en face.

— Tu ne me parles plus ? demanda Dix-sous. Te voilà donc si colère contre moi ?

Noël fut pris de pitié, et tout en même temps de honte pour payer par de la pitié la confiance et la crainte de son amie.

— Non pas. Ni fâché ni blessé. Viens-t'en. Allons fêter avec les autres. Ce jour est à la liesse et non à la querelle. Viens-t'en, ma demoiselle Grostambour.

Et il lui tendit ses mains dans un grand élan de tendresse. Il se sentait léger, comme lorsqu'on s'est acquitté d'un devoir difficile ou d'une tâche pénible, alors qu'il n'avait rien fait et presque rien dit. Il la ramena par la main près de la grande table, essuyant les quolibets des plus avinés, Nono et Bébert en tête, qui les suspectaient d'avoir voulu célébrer la messe à leur façon derrière le mur du tilleul. Midi approchait. Les bouteilles étaient vides et on rentrerait bien vite chez soi pour manger entre amis, ce qui voulait dire entre coreligionnaires, car si la concorde est une bonne chose, elle a tout de même ses limites. Tout le monde s'achemina vers Les Peupliers, où les femmes étaient restées pour préparer un énorme festin. On attendait les Giroud des Avenières, les Michon de Malossane, les Gonnet des Chaleys et encore d'autres, métayers ou simplement alliés. On avait sorti un tonneau du vin *de l'an passa*, et chaque *fenna* arrivait avec un plat à sa façon ; ce que voyant, Dix-sous glissa à l'oreille de son compagnon qu'elle eût volontiers cuisiné une daube qu'elle faisait très bonne. Puis elle gagna la cuisine où les femmes se bousculaient dans leurs préparations. Après avoir encore bu, on se mit à table et Noël ne la vit presque plus, tant elle savait se rendre utile. Parfois, on interrompait la bombance pour une partie de boules ou de quilles, et les femmes profitaient de ce répit pour manger à leur tour. Puis, on se remettait à table, car il ne fallait vexer personne et faire honneur à toutes les cuisinières, qui semblaient être des milliers. Enfin, le jour baissa et les invités, emportant leurs plats vides, se mirent en chemin pour regagner leurs fermes avant la nuit noire. Chacun avait un mot aimable pour dire à Noël qu'il s'était trouvé une excellente bonne amie, si travailleuse et souriante.

Il était évident qu'en quelques mois, Dix-sous s'était fait une santé de fer et, surtout, qu'elle avait su faire preuve d'une vaillance qui ne se démentait pas. Apprenant au fil des jours son état de petite paysanne, elle se voyait confier l'entretien des volailles, ou encore aidait l'Adèle au potager, quand elle n'accompagnait pas l'Ursule au marché, cousait et reprisait dès qu'elle avait un instant devant elle et, dans tout ce qu'elle entreprenait, savait écouter les recommandations des anciens et se montrer convaincue autant que convaincante.

Le lendemain de cette fête, alors que Noël venait de retourner un bout de jardin et le fumer en compagnie de son père, tous deux se retrouvèrent inoccupés pour un instant, le ventre encore inconfortable des excès de la veille. Assis contre l'abreuvoir, ils observaient Adèle et Dix-sous qui plantaient des choux pommés, des poireaux, des navets et de la laitue d'hiver. Il voyait dans les yeux de Fernand une grande satisfaction, mais, comme toujours dans les campagnes, la conversation s'établit sur des soucis purement agrestes.

— Il serait grand temps de retrouver le cheval, dit le père, pour commencer à épandre le fumier avant les labours.

— Père, déclara subitement Noël, j'aurais grand plaisir à nourrir nos terres en ta compagnie, et aussi à vendanger avec vous autres. Je me trouve tout chagrin de devoir retourner à la ville, car, comme toi, comme la mère et toute la maisonnée, je me sens pris d'amour pour cette terre qui nous nourrit et nous rend le soin qu'on lui apporte. À Grenoble, on m'appelle souvent *Le Pagu*, et jusqu'à ce jour, je m'en irritais. Mais dorénavant, j'en tirerai fierté, car je me crois devenu un paysan dans l'âme. Durant cette saison, je me suis employé à expliquer à Dix-sous la vie de notre terre et, ce faisant, je me suis pris à la voir avec ses yeux, à la découvrir comme si je ne l'avais jamais vue. Cette matrice, tout à tour si généreuse ou si ingrate, n'est-elle pas le plus beau présent que nous a fait Notre Dieu ? Je te comprends mieux, à présent, et je suis fier d'être ton fils.

Fernand se cacha la face entre ses mains, et resta longuement ainsi, comme pris d'un accès de pudeur. Enfin, il se découvrit, et, regardant l'horizon, lui confia que lui aussi, dans son jeune temps, avait découvert la terre par les yeux d'une fille qui devait un jour devenir sa femme et la mère de ses deux enfants. Il lui demanda si son changement d'avis était suffisamment ferme pour le faire renoncer à ses études.

— Pas du tout ! s'exclama-t-il. D'abord parce qu'elles sont intéressantes, mais aussi parce que je mesure tous les efforts et les sacrifices que vous avez consentis pour ce projet, et je ne voudrais vous décevoir pour rien au monde. Ces études, je les ferai. Mais je voulais avant tout vous dire mon respect et mon admiration.

Tout en se livrant à ces touchantes confidences, ils n'avaient pas quitté des yeux les filles. Adèle essuyait ses mains sur son tablier, tandis que Dix-sous sautait en l'air pour attraper une boule de gui sur une branche. Subitement, elle se figea pour demander ce qu'on entendait au loin. Étant la plus jeune, c'était elle qui avait l'ouïe la plus fine. Tous prêtèrent l'oreille, sans rien déceler d'abord. Mais au fil des minutes s'établissait le sentiment d'un piétinement mêlé à un concert de clarines et de sonnailles sur un fond de bêlements continus. Le bruit s'amplifia. Déjà, Adèle avait laissé tomber son louchet pour prendre ses jambes à son cou. Ursule sortait de sa maison en essuyant précipitamment ses mains sur son devantier. Le père s'était levé, lui aussi, de toute sa haute taille, et tous, dans un immense élan de joie, gagnèrent le sentier qui conduisait à la route. Noël fut pris d'un bonheur égal à celui de sa famille. Saisissant la main de Dix-sous, il l'entraîna à son tour, lui disant que les bêtes étaient enfin de retour de l'alpage. Et nul enfant parti à la guerre n'eût été accueilli avec une telle chaleur.

Le sostenuto devint crescendo, et bien vite apparut au sommet de la montée qui conduisait aux Peupliers la silhouette d'un grand diable de berger tenant un long bâton et sifflant pour commander à ses chiens sous son large chapeau de paille. Il menait par la longe le cheval des Guiguenet, attelé à sa carriole, dans laquelle avaient pris place deux femmes et un grand garçon. Tous avaient le visage tanné comme d'un vieux cuir. Derrière lui se pressaient une armée de moutons et quelques vaches replètes. Le cheval pressait le pas en reconnaissant son logis. Le père s'approcha du berger pour lui serrer la main, et pour saluer son cheval qui lui fit de grandes fêtes à sa manière. Les chiens, d'un incroyable savoir-faire, s'occupaient déjà de rassembler les ouailles des Peupliers, qu'Adèle avait marquées d'encre noire à l'oreille avant leur départ, et on leur fit une haie d'honneur pour les conduire à la bergerie. Puis vint le tour des vaches. Le berger demanda à garder le cheval jusqu'au soir, et ce brave animal fit quelques grimaces, croyant être de retour chez lui, dans sa famille.

Adèle et Ursule tâtaient déjà les ventres et les mamelles de leur troupeau pour savoir lesquelles étaient pleines. Et elles riaient ! Car le bélier des Lafleur et le taureau des Angemont semblaient avoir bien rempli leur office.

On laissa le troupeau poursuivre son chemin, mais en décidant que le berger et sa famille seraient invités à dormir dans la paille des Peupliers, après avoir reçu salaire et gratification.

Tous étaient atteints d'un sourire irrépressible qui, par contagion, avait gagné Dix-sous. Noël pensa qu'on ne pouvait ressentir de joie si profonde qu'à la campagne.

Chapitre XIV

Avec le rougissement des feuilles de la vigne arriva le terme du séjour aux Peupliers. Jour cruel, fatidique, impitoyable, qui s'acheva sur la dernière veillée, où l'Adèle fit la lecture d'une fable de Jean de La Fontaine, au coin du feu, à la lueur d'une chandelle qui n'éclairait pas suffisamment pour dévoiler les larmes que Dix-sous versait en silence. Noël, qui la tenait par la main, fut le seul à l'entendre renifler discrètement, même si toute la famille Guiguenet avait bien su deviner son chagrin. À la tombée du jour, Nono et Bébert avaient retardé leur retour chez eux pour la saluer, ne sachant comment exprimer leur émotion. Alors, pour cacher leur gêne, ils avaient parlé du prix qu'on tirerait des vaches grosses à la foire de Beaucroissant, prix dont une part leur reviendrait. Une bête grosse d'un veau, voire de deux, pouvait se négocier jusqu'à cent livres. Adèle en garderait trois à la ferme, et réaliserait une belle opération financière, en triplant largement sa mise, même en tenant compte du salaire versé aux bergers.

Le lendemain, jour du départ, Dix-sous s'était levée avant l'aube. Elle avait retrouvé les loques qu'elle portait à son arrivée, ses souliers percés et un manteau usé qu'avait porté l'Adèle dans son adolescence. Elle commença par faire ses adieux aux poules, auxquelles elle avait dispensé tant de soins, bien que ce ne fût pas une gent affectueuse. Elles dormaient encore et ne lui répondirent pas. Elle se consola en caressant à pleines mains la vieille chienne Miss, qui lui lécha tendrement les doigts et la figure. Dans la pénombre, elle arpenta les allées du potager pour dire adieu à chaque rangée de légumes ; puis, traînant des pieds, elle s'en fut caresser les bœufs, le cheval et les moutons, provoquant un remue-ménage qui avait éveillé toute la maisonnée. Pensant avoir affaire à une meute de loups ou de rôdeurs, chacun s'était armé pour descendre à l'attaque. Puis, ne voyant rien, on s'était retrouvés autour de la table pour attendre la soupe qui chauffait sous la crémaillère. Personne ne savait dire son émotion de voir partir le fils et sa bonne amie.

Enfin, ce fut l'heure, et ils se mirent en route sous les étoiles pâlissantes, portant chacun un grand panier de provisions pour Tante Miette. Ils gagnèrent en silence le village, alors qu'au loin, les coqs de toutes les fermes saluaient l'aurore de leurs chants vigoureux. La patache fut bientôt là. Ils étaient seuls pour y monter. Noël voyait son amie triste et soucieuse. Il la regarda avec tendresse.

— Dis-moi, questionna-t-elle, est-il vrai qu'à la Saint-Antoine, vous tuerez Gontran ?

Il s'agissait du plus gros porc de la ferme, qu'elle avait décidé d'affubler de ce prénom, et avec lequel elle s'était toujours bien entendue, en l'emmenant à la glandée[1], tâche d'une haute responsabilité.

— C'est la vérité, hélas ! Et c'est un malheur d'entendre ses cris, car il comprend très vite où on l'emmène. Lorsque j'étais enfant, je m'enfuyais en pleurant, et le père tournait le dos. Je

[1] Les fruits du chêne ne sont pas bien comestibles pour l'homme, mais c'est le régal des porcs qu'on emmenait souvent s'en nourrir. C'était la glandée.

crois même que c'est ce qui l'a convaincu d'accepter de m'envoyer faire des études, car lui non plus n'aime pas ça. C'est toujours Nono qui s'en charge. Lui, ça ne le dérange pas. Mais dis-moi : pourquoi l'as-tu nommé Gontran ?

— C'est parce que j'ai une connaissance, à Grenoble, qui est tout pareil : on lui voit dans les trous du nez. Je vais surement le retrouver. C'est bien rare qu'il ne passe pas se faire offrir un canon chez Grostambour…

— Ça ne semble pas te faire plaisir, de retrouver tes amis.

— Oui et non. Pour sûr que j'en aurai à raconter, après un si long voyage. La plupart de ceux que je connais, ils n'ont jamais voyagé. Moi non plus, jusqu'à présent. Mais peut-être quand j'étais petite enfant, car ma mère venait de loin, lorsqu'elle m'a perdue à Grenoble. C'est Grostambour qui me l'a dit. Elle était dans une troupe de soldats étrangers, peut-être lingère ou cantinière ? Qui peut savoir ?

— Et ce Grostambour, comment l'as-tu connu ?

— Ce n'est pas lui que j'ai connu d'abord, c'est Gavalie. Je me retrouvais seule, et j'avais froid. J'étais bien forcée de mendier. Elle aussi, elle mendiait. Un jour qu'il pleuvait, nous nous sommes abritées dans l'église Saint-André, en nous cachant. Au bout d'un instant, il est arrivé deux bonnes sœurs qui m'ont emmenée dans leur couvent, après en avoir discuté avec un prêtre. Gavalie, elle s'était enfuie. C'est là qu'elles ont voulu me baptiser, avec un vilain nom : Aglaé. Qui est-ce qui voudrait se nommer Aglaé, hein ? Chez elles, on avait à manger, mais la vie n'était pas drôle : toujours enfermées, toujours à la prière ; et puis, il n'y avait que des filles, et les filles, entre elles, hein ? Tu me comprends. Alors, au printemps, je me suis ensauvée, moi aussi, et j'ai retrouvé Gavalie à la place Saint-André. Grostambour la faisait travailler dans son auberge. Moi aussi, j'y ai travaillé, un peu, lorsqu'il avait du monde. J'ai recommencé à mendier. J'ai dû faire comme je pouvais, des choses pas toujours propres et pas toujours honnêtes, je l'avoue. Un jour, j'ai vu arriver monsieur Diodore. Il venait me proposer de poser nue, pour dix sous la séance. Mes amis de la place Saint-André, ils disaient que ce n'était pas assez. C'est pour ça qu'on m'a appelée Dix-sous, pour me moquer.

Un nouvel arrêt de la patache vit monter quelques passagers, forçant les deux amis à interrompre la confidence. Parmi eux, un homme de bonne mine se mit à lire deux feuillets de papier intitulés *Les éphémérides du citoyen*[1]. Noël ne put se retenir de demander à cet homme d'allure honnête de quoi il s'agissait.

— C'est une gazette, que l'on peut trouver maintenant à Grenoble, un journal économique. Elle est fort intéressante. Je l'apporte régulièrement à mon père pour lui en faire la lecture, car sa vue est maintenant trop basse pour qu'il puisse le lire lui-même.

— Et où peut-on se le procurer ?

— Chez monsieur Ferrari, à la Grand Rue. On y trouve des nouvelles de la capitale, mais il est préférable de le réserver. Regardez-le, si vous voulez. Je l'ai presque fini. Et il ne coûte qu'un sou.

L'homme se replongea dans sa lecture jusqu'à Grenoble, où Noël descendit devant la caserne. Dix-sous s'empressa de le suivre en lui tenant le bras, au lieu de descendre à la place Grenette, plus proche de l'auberge de Grostambour. Il en sourit.

Chez Miette, tout semblait en désordre ; les meubles de son appartement avaient changé, du fait de l'installation de Germaine Fayollat dans son nouveau logis.

---

[1] Ce journal fut un des premiers à avoir une diffusion nationale. Publié par Pierre Samuel du Pont de Nemours, il fut contemporain du *Times* et s'opposa à l'esclavage des Noirs, qu'il jugeait non rentable.

— Nos meubles sont déjà en route pour la Provence, mais je t'en ai gardé certains pour ta chambre. Nous allons la visiter, si tu veux.

S'étant déchargés de leurs gros paniers, ils gagnèrent la Grand'Rue en échangeant des nouvelles des uns et des autres. Arrivés devant la librairie de monsieur Ferrari, ils reçurent un salut fort déférent du libraire. Seule Dix-sous n'eut droit qu'à un regard indifférent et teinté de mépris. Ils montèrent à l'étage pour découvrir une vaste chambre meublée d'un grand lit et d'une table de travail avec deux chaises confortables. Un sous-main de cuir, un chandelier à trois branches et, devant la cheminée qui avait été obturée, un petit poêle de fonte. Sur le fond, un vaste placard montait jusqu'au plafond, jouxtant un petit coin de toilette à table de marbre. Un épais tapis de chanvre couvrait le plancher.

— Tante Miette, le Roy ne sera pas mon cousin ! déclara solennellement Noël. Comment te remercier ?

— Il faudrait aérer un peu. Ouvre donc la fenêtre.

Noël s'exécuta et, immédiatement, les trois fenêtres qui lui faisaient face se fermèrent.

— Évidemment ! s'exclama Miette en riant. Tu sais ce qu'on dit : que le Bon Dieu, lorsqu'il a fait sa distribution de méchanceté, se trouvait à l'assise de la Grand'Rue[1]. Il te faudra t'attendre à être épié à toute heure. C'est pourquoi j'ai prévu un rideau, pour t'éviter de devenir la proie de toutes ces langues de vipères. À présent, il me faut rentrer. Nous sommes attendus.

— Je te raccompagne, Tante Miette.

Tous deux se mirent en chemin par la ville. Dix-sous, qui n'osait pas donner son bras à des personnes si distinguées, avec

[1] Cette formule fut rapportée dans les écrits d'Henry-Frédéric Faige-Blanc, maire de Voiron, qui fut le chantre de la chasse en haute montagne, sous le nom d'Alpinus.

sa pauvre mise, suivait à distance respectueuse, ce que Noël comprit fort bien. Depuis le printemps, il avait envisagé de lui offrir la juste rétribution de sa participation à *La jeune fille à l'aiguière* qui lui avait rapporté trois louis d'or. Mais il n'osait pas. D'abord il craignait de lui faire croire qu'il était « comme les autres », selon sa propre expression de la rue Montorge, et qu'il payait ses charmes comme un bourgeois prétentieux, mais aussi parce que l'occasion ne s'en était pas présentée. Dix-sous semblait vivre sans la moindre obsession de l'argent. Si on lui offrait un coup à boire ou un beignet, elle l'acceptait sans manières. Elle remerciait, parfois, et on n'en parlait plus. Si l'envie lui venait d'une poire ou d'une figue, elle savait se servir en cachette, et ne s'en privait pas. Noël en avait déduit qu'elle était inapte à dépenser des pièces de monnaie autres que celles d'un ou deux sous. Pourtant, en retournant à la Grand'Rue, il voyait bien le regard sévère des passants sur cette pauvresse misérablement vêtue qui accompagnait un riche jeune homme bien de sa personne. Que devait-on dire dans leur dos ? Assurément les choses les plus désobligeantes, et sur lui, et sur elle.

Il jugea donc capital de lui proposer de s'acheter une nouvelle tenue, plus en rapport avec sa compagnie, et sortit trois pièces de deux francs en lui recommandant d'en faire bon usage. Elle fut enchantée, et affirma qu'elle trouverait son bonheur chez le fripier de la rue Brocherie, devant lequel elle se faisait toujours *aller les yeux*, sans jamais pouvoir y acheter le moindre mouchoir. Elle prit les pièces et partit d'un bon pas, avec simplicité et comme si l'argent ne représentait, pour elle, rien par lui-même.

Noël profita de ce répit pour se rendre à la librairie, afin de saluer monsieur Ferrari et de remettre à jour sa réserve de carnets et de crayons. Il trouva au boutiquier *un air entre deux airs*, comme eût dit Tante Miette[1]. Pensant que c'était là une conséquence de la journée des Tuiles, où il s'était fait remarquer, il n'accorda pas d'importance à ce changement et régla son dû sans poser de question. Ce fut alors qu'il retrouvait la rue qu'un concert de rires et de protestations s'éleva vers la rue des Clercs. Cherchant la cause de ce tumulte, il vit arriver deux sergents de ville, tenant chacun par un bras la pauvre Dix-sous, en l'exposant à la vindicte publique, alors qu'elle se débattait en protestant de son innocence.

Il s'approcha précipitamment des pandores[2] et se présenta pour s'enquérir de ce dont on accusait sa compagne.

— Ainsi, vous êtes monsieur Guiguenet ? demanda le plus vieux. Le neveu du colonel Rabot ? Nous vous rapportons les pièces que cette moins que rien vous aura dérobées.

— Vous êtes fort aimable, Brigadier. Mais elle ne m'a rien dérobé. Cet argent est le sien.

— Êtes-vous sûr ? Vérifiez dans vos poches. Vous trouverez qu'il y manque trois pièces de deux francs qu'elle avait encore dans sa main. Elle prétend que vous lui en avez fait cadeau, mais nous la connaissons, la Dix-sous : une fieffée voleuse. Et même si elle s'était fait oublier, ces derniers temps...

— Mais elle vous dit la pure vérité, Brigadier ! Ces six livres sont le fruit du travail qu'elle a fourni chez mon père, durant l'été. Elles sont bien à elle, et honnêtement gagnées. Vous n'avez rien à lui reprocher. Qui l'accuse ?

— C'est le fripier de la rue Brocherie qui nous a fait appel, lorsqu'elle lui a montré ses pièces.

---

[1] En langage provençal : un air dont on ne sait que trop penser.

[2] Lorsque le terme pandore désigne un gendarme, il dérive d'un vocable hongrois, *pandour*, qui désigne une recrue militaire servile et disciplinée. Il n'a donc rien à voir avec la Pandore mythologique qu'Héphaïstos avait façonnée avec de l'argile.

— Elle était partie, en effet, pour s'habiller de neuf. Où est le mal ? Vous avez préjugé de sa cause, et vous étiez prêts à la condamner sans enquête préalable, ce qui est interdit par la loi. Je pourrais en référer au tribunal, où je connais du monde, si vous ne la relâchez pas sur-le-champ.

Tout penauds devant ces menaces, les deux sergents de ville libérèrent les bras de leur proie, en faisant même mine d'ignorer les crachats qu'elle leur adressait, avant que Noël eût pu la retenir.

— Fort bien ! Je vois que vous êtes des hommes justes. Puisque voilà la cause entendue, je vais de ce pas me rendre chez le fripier pour lui dire son fait, à lui aussi.

Il n'en fit rien, malgré ses dires. Il se contenta de l'accompagner à la friperie pour donner calmement ses explications, et de rajouter un chaud manteau de laine à ses achats, ce qui éblouit le commerçant et assura à Dix-sous le début d'une bonne renommée, pensait-il.

Ainsi vêtue, elle souhaita se montrer à Grostambour, lequel peina à la reconnaître, tant elle avait forci et s'était faite demoiselle. Il la serra contre son tablier tout maculé de taches de vin et de graisse, et appela Gavalie. Dix-sous préféra descendre. Mais elles remontèrent bien vite, excitées à l'idée d'aller se montrer sur la place Saint-André.

— Tu ne me refuseras pas un canon ? demanda Grostambour, tout amusé.

— Je préférerais de la bière, s'il y en a.

Grostambour tira aussitôt de son tonneau une bière infâme, et ils s'installèrent pour deviser comme deux bons camarades. L'aubergiste écouta avec ravissement les exploits de Dix-sous dans la campagne. De temps à autre, il se rendait à sa cuisine pour touiller sa marmite, et revenait aussitôt, tout empressé d'entendre la suite.

— Haa ! déclara-t-il enfin. On peut dire que tu es honnête homme !

Puis, soucieux, tout d'un coup :

— Où sont-elles passées ? Si j'ai du monde, je crois bien qu'il me faudra faire le service moi-même. Elles doivent se montrer de partout…

— En attendant, ami, raconte-moi comment tu as fait sa connaissance.

— Oh ! C'est bien vieux, tout ça. J'avais déjà recueilli Gavalie, qui n'était pas plus haute qu'une botte. Il faut te dire que moi aussi, alors que j'étais jeune gars, on m'avait oublié, comme on dit. J'étais dans une troupe de Germains, des soldats, en route pour la Lombardie[1]. Ma mère devait les suivre, comme cantinière peut-être. En station à Grenoble, ils m'ont fait boire, et lorsque je me suis réveillé, il n'y avait plus personne. Je ne parlais pas le jargon des Dauphinois. On m'a dit, plus tard, que je me traînais de partout en pleurant : « Grostambour ». C'est comme ça que j'ai eu mon nom. L'autre, je ne m'en souviens pas, pas plus que du langage de mes parents. Mais j'étais travailleur. On m'a recueilli et employé sur les quais de l'Isère, pour les déchargements, pendant des années. Un jour, j'ai eu assez pour acheter cette petite auberge, Au loup marri, qu'on nomme ainsi parce que…

— Parce que c'est là qu'on a tué le dernier loup de Grenoble. Je le sais. Dix-sous me l'a dit.

— L'auberge, je l'ai payée à tempérament. Je me suis marié ; malheureusement, ma femme ne m'avait pas donné d'enfant. Alors, quand elle a passé, je suis resté seul.

— Tu l'aimais bien, ta femme ?

— Pour ça, oui. Mais c'est elle qui ne m'aimait pas. Toujours à courir de partout en dépensant tout l'argent. Et

[1] Milan et la Lombardie faisaient alors partie du duché de Savoie.

feignasse, avec ça… Pas demain que je me remettrai avec une chiennaille pareille !

— Et c'est ainsi que tu as connu Gavalie ?

— Tout juste ! C'était après que nous avions chassé des *rabouins*[1] qui s'étaient campés vers les casemates, et qui pillaient tous les poulaillers du coin. Quelle raclée, qu'on leur a mise ! On ne les a plus revus. Ils avaient dû la perdre, ou l'abandonner. Elle était toute petiote, et grelottait dans la rue. Elle m'a fait pitié. Je l'ai fait rentrer, pour qu'elle se réchauffe. Et puis, je me suis dit, comme ça, que je n'avais personne pour servir et tenir le ménage. Alors, je l'ai gardée pour me seconder dans ma besogne. Je lui ai aménagé une couche dans la cuisine, près du fourneau, puis au sous-sol. Et voilà !

— Et ce nom de Gavalie, que signifie-t-il ?

— Est-ce que je sais, moi ? C'est elle qui se l'est donné, en disant qu'elle était ma *gavalie*[2]. Alors, va pour Gavalie !

— Et Dix-sous, comment l'as-tu rencontrée ?

— Dix-sous, c'est Gavalie qui me l'a ramenée, en disant qu'elles dormiraient ensemble. J'ai laissé faire. Après tout, tant qu'on ne me vole pas, il lui faut bien une amie. Qui pourrait s'en passer ? Quant à savoir comment elles trouvent de quoi gagner leurs vies, ça ne me regarde pas. Je les loge, et je les nourris. C'est déjà beau, non ?

— Tu es un homme charitable, je vois.

— Elles sont un peu mes enfants, vois-tu ? Même si elles ont grandi.

Les deux filles furent bientôt de retour, se tenant par la taille en riant comme deux folles. Noël restait songeur. Devait-il laisser sa conquête dans cette auberge crasseuse, après l'avoir

---

[1] Des *rabouins* : des gitans ou des bohémiens.

[2] Grostambour l'ignore, mais chez les gens du voyage, une *gavali* (*gavalo* au masculin) est une amie qui ne fait pas partie de la tribu.

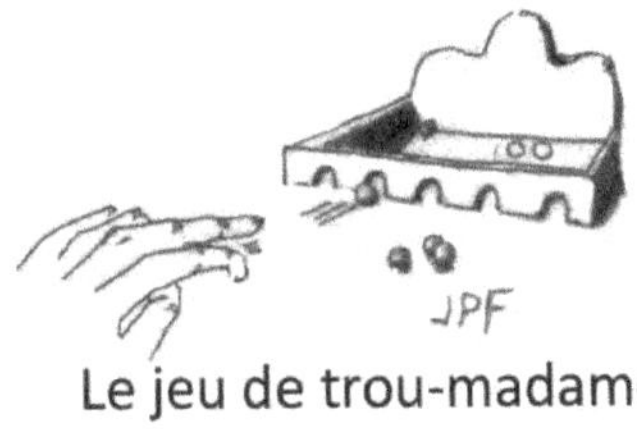

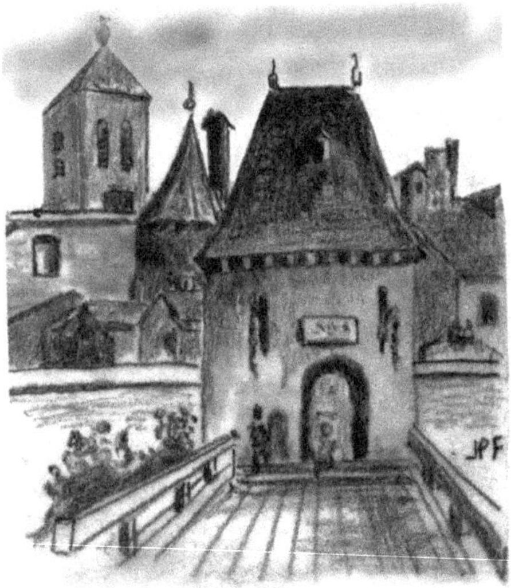

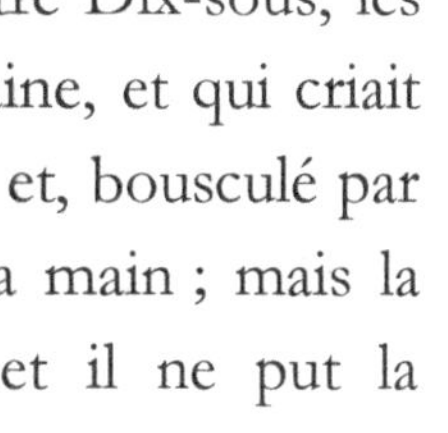

cherchée si longtemps ? Ou bien encourir les regards faux et les critiques de tous les bourgeois de la ville en l'installant chez lui ? Il se demandait ce que lui aurait conseillé son père. Assurément, il lui aurait dit d'écouter son cœur, tandis que sa mère l'aurait poussé à trouver un meilleur parti.

Mais il n'était pas le fils du Fernand Guiguenet pour rien ! Ni le frère de l'Adèle qui n'en faisait toujours qu'à sa tête, et refusait les meilleurs prétendants, alors qu'elle était devenue maîtresse d'un domaine que chacun convoitait ! C'était à lui d'imposer ses décisions au monde, sans se laisser guider sa conduite.

Alors, sans même voir qu'on avait vidé son verre de bière dans son dos, il lui prit la main, et lui dit : « Rentrons ! Voilà la pluie ».

Chapitre XV

Ils s'installèrent donc tous les deux au-dessus de la librairie, s'aménageant une vie confortable pour voir venir l'hiver et ses morsures. Dès le matin, Noël se rendait au Collège royal, où il était toujours fort apprécié des maîtres. Ses condisciples ne furent pas longs à apprendre que *Le Pagu* vivait dans le péché avec la Dix-sous, et ne lui épargnèrent aucune allusion malveillante sur sa compagne, qu'ils disaient tous connaître, alors qu'il n'en était probablement rien. Il répondait par le mépris, ou par une indifférence hautaine qui avait le don d'accroître encore leur agacement, car la vérité était bien qu'ils le jalousaient. Pour la plupart, ces fils de petits-bourgeois vivaient chez leurs parents, quémandant une pension ridicule, en espérant qu'on leur trouverait un bon parti, avec une dot profitable : une jeune vierge sortant du couvent après avoir macéré dans la vertu de rigueur et les complexions nerveuses. Dans son dos, on disait bien haut qu'un *pagu* ne pouvait que faire bon ménage avec une catin. Mais de face, ils s'appliquaient à garder les meilleures relations avec ce jeune étudiant brillant, qui gagnait sa vie avec ses crayons, au point qu'il avait même fait les portraits des filles du directeur.

Noël n'était pas dupe. Par son oncle et sa tante, il connaissait la situation pécuniaire de chacun d'eux, qui n'était pas toujours aussi resplendissante qu'ils le prétendaient. Il jouissait, de surcroît, d'un certain prestige pour avoir mené au premier rang la lutte du peuple contre les diktats du Roy de France lors de la fameuse journée des Tuiles. On savait aussi qu'il était ami de maître Barnave, devenu président du Parlement delphinal. Lorsque le hasard d'une rencontre le conduisait à inviter un autre élève à une étude commune, ce dernier trouvait sa chambre fort élégante, toujours en ordre, et sa compagne discrète et gracieuse. Il en ressortait, selon les cas, disposé à changer d'avis à leur sujet, ou bien prêt à baver de la jalousie fielleuse des petits-maîtres.

Régulièrement, Noël rendait à la rue Pérolerie, dans l'espoir de voir son maître Barnave, mais ce dernier séjournait de plus en plus souvent à Paris ou à Versailles. Il était même devenu, selon les dires de son épouse, un proche de la Reine Marie-Antoinette, cette maudite Autrichienne, contre laquelle madame Barnave n'avait pas de mots assez durs. Alors, il passait un moment avec elle, tentant de la faire rire. Il lui avait même montré et offert le portrait de sa servante Grillette au nez tordu. Ce cadeau de pure amitié la fit enfin rire, et valut à l'artiste quelques nouvelles commandes dans les milieux bourgeois de la ville et de ses alentours. En bon fils de paysan, il savait se montrer économe, et dissimulait ses revenus dans un faux tiroir qu'il avait aménagé sous sa table. Non qu'il fût avare, mais il s'était promis de ne pas toucher à l'argent que sa mère lui avait donné pour son année scolaire. Il voulait vivre de ce qu'il gagnait par lui-même, foi de Guiguenet ! Et quand viendrait l'heure de son retour aux Peupliers, il montrerait à toute la famille qu'il avait su se tenir avec parcimonie. On ne parlerait plus, dès lors, du petit gars distrait et futile ; on ne se gausserait plus de lui ; et on le traiterait *coume une homme* !

Pour les frais du ménage, il tenait à disposition une somme suffisante dans un pot, où Dix-sous pouvait puiser autant que besoin. Mais elle se montrait, elle aussi, des moins dépensières, et pourtant, la soupe était toujours prête à son retour. Le matin, elle sortait tôt, et s'en allait vers la place Saint-André sous les regards mauvais de leurs voisins. Que faisait-elle de ses journées ? Noël n'en savait rien, mais elle avait toujours de quoi faire bouillir la marmite.

Et chaque soir, elle lui demandait ce qu'il avait appris le jour même. Il le lui racontait, mais ce n'était pas toujours chose facile d'expliquer à une ignorante les subtilités de la justice basse, moyenne et haute, ou encore seigneuriale et ecclésiastique. Cependant, il se rendit rapidement à cette évidence que cet exercice lui était utile, car le forçant à garder les idées claires en allant droit à l'essentiel de sa leçon. De même qu'il lui avait fait découvrir, en son temps, les grandeurs de l'agriculture par des explications simples en les découvrant lui-même, il se prit d'intérêt pour le droit, par amour, en quelque sorte.

Lorsque la froidure n'était pas trop mordante, ils se rendaient à l'auberge du Loup marri pour saluer Grostambour. À cette occasion, ils rencontraient parfois les amis de Dix-sous, et en particulier le fameux Gontran au nez de cochon. Chacun et chacune avait sa spécialité, pas trop souvent honnête, pour gagner chichement sa vie : piller le tronc des églises, voler dans le bassinet en faisant semblant d'y verser son obole, ramasser le crottin des chevaux, nettoyer les places des marchés, ou toutes activités misérables dans lesquelles ils paraissaient exceller. Pour les filles, elles se montraient plus discrètes sur leurs emplois, mais on pouvait craindre le pire ! Et on savait en rire. Noël fit ainsi la découverte de la vie de ces miséreux de la ville vieille, qui venaient négocier à l'auberge le fruit de leurs larcins contre un bol de bouillon chaud ou une fine tranche de lard. Dans l'ensemble, ils étaient maigres à faire peur et sentaient assez fort ; mais comment leur en tenir grief, à l'heure où le flot de l'Isère charriait des glaçons ? En tout cas, il semblait régner entre eux tous une complicité qui eût pu passer, dans un autre univers, pour de l'amitié.

Les deux tourtereaux vécurent ainsi le plus cru de l'hiver, sans autre crainte que celle de manquer l'arrivée du marchand de bois. Dix-sous était habitée par le souvenir de la campagne, rêvant d'apprendre à dessuinter la laine, ou d'assister à l'agnelage. Les fêtes de la Nativité se déroulèrent sous la neige. Il n'y avait plus ni poste ni patache. Miette et Antoine devaient se trouver bien heureux de la douceur du climat provençal. On pensait à eux. Puis, lentement, à pas de loup, à force de pluies et de gadoue, le printemps fit un clin d'œil sous forme de menues pâquerettes qui ornaient timidement le bord des chemins, avant de faire son entrée triomphale. Dans la Grand'Rue, plus un habitant ne leur adressait la parole, et ils n'en avaient cure. Ils s'aimaient.

Vint enfin la saison où l'on put sortir dans les rues enfin saines, entre deux giboulées qui transformaient le moindre ruisseau en petit torrent et où l'Isère, comme de coutume, menaçait de sortir de son lit. Les Grenoblois, avides de rencontres, reprenaient possession de leur cité en sortant pour un oui ou pour un non, au moindre rayon de soleil. Noël ne faisait pas exception et s'offrait parfois le plaisir d'un détour en rentrant du Collège. Ce fut ainsi qu'il croisa, à l'escalier du jardin des Lesdiguières, la cousine Françoise d'Aimée-Chantale, descendant péniblement les degrés au bras d'une demoiselle de compagnie. Comme il n'avait pas gardé d'elle un mauvais souvenir, il se proposa pour lui tenir le bras aussi. Sa vue ne semblait pas s'être améliorée, puisqu'elle portait un lorgnon en pendentif, en sus de son face-à-main.

— Monsieur Quiquenet ! s'exclama-t-elle en ajustant ses bésicles. Quel plaisir de vous rencontrer ! Nous ne vous voyons plus aux séances de dessin de ma cousine, et je me demandais si vous nous battiez froid.

— C'est, Madame, que mes études ne me laissent pas un instant, surtout avec l'examen qui approche.

— Bien sûr, bien sûr ! Pourtant je sais que vous dessinez toujours… et même d'adorables petits sujets licencieux qu'on m'a montrés, un peu partout. Même si vous ne les signez pas, j'ai bien su reconnaître votre patte, et votre modèle aussi, polisson que vous êtes !

C'était l'exacte vérité. Durant l'hiver et ses frimas, il avait passé son temps libre à travailler le dessin de Dix-sous, en insistant sur les reflets de sa chevelure, à l'imitation des grands peintres flamands. Le premier avait représenté une jeune femme se peignant devant un miroir, à la lueur d'une chandelle. Comme il le jugeait présentable, il l'avait montré à monsieur Ferrari. Le libraire, loin d'apprécier le sublime effet de lumière, avait surtout remarqué la tenue du modèle, qui était en chemise, les bras nus, et lançait un regard coquin à travers le miroir. Jouant tout d'abord les parangons de vertu, il avait vite entraîné l'artiste derrière son comptoir, pour lui demander à voix basse s'il pourrait lui en fournir d'autres, aussi osés, voire plus précis. Il y avait, en effet, une clientèle pour ce genre d'illustrations que les vieux messieurs aimaient à exposer dans leurs garçonnières. Il promettait d'en tirer dix à quinze francs pour chaque exemplaire. Alors, autant pour s'amuser que par appât du gain, il avait représenté des naïades, des filles dansant avec des Belzébuth, ou chevauchant des boucs, tout pour porter atteinte à la pudibonderie hypocrite de ces vieux bourgeois. Et l'affaire était allée bon train !

Il ne s'étonna pas que le succès de ses œuvres anonymes fût parvenu aux oreilles de dame Françoise Raby, et pourtant fut un peu gêné qu'on en fît état à voix haute devant la demoiselle de compagnie, qui baissait pudiquement ses yeux. C'était une toute jeune fille aux traits remarquables et au teint plus sombre qu'un pain d'épices. Elle tenait sagement le bras de sa maîtresse sans prononcer un mot. Noyé sous le flot de paroles de Françoise, Noël finit par accepter de promettre de rendre visite à la cousine d'Aimée-Chantale, qui habitait *la petite rue derrière les Augustins*[1].

— Alors, c'est promis, monsieur Quiquenet ? J'attends votre visite et je vous souhaite le bonsoir. Dis aussi bonsoir, Imma !

La fille leva les yeux qu'elle avait grands et noirs, sous des sourcils de reine, et remua ses lèvres charnues sans émettre le moindre son. Elle avait le front haut et bombé, les pommettes saillantes, le nez droit, mais un peu épaté. Noël souhaita immédiatement en faire le portrait, car elle ne ressemblait à aucun des tendrons qu'on put voir à Grenoble.

— Permettez que je vous raccompagne, proposa-t-il à Françoise, pour le seul plaisir de pouvoir admirer ce visage si particulier.

— Dites plutôt que vous souhaitez observer Imma, s'exclama Françoise qui avait de la malice à revendre. C'est une fille que m'a confiée mon cousin Eugène, pour que je fasse son éducation. Enfin, une fille… C'est une quarteronne, une négresse, en quelque sorte. Elle est ignorante, mais courageuse et forte. Elle m'est donc fort utile, mais elle a le défaut de ne jamais parler, ce qui ne me convient guère, à moi qui aime tant la compagnie.

— Peut-être n'en a-t-elle pas souvent l'occasion ? proposa Noël.

Cette saillie lui avait échappé, mais il était trop tard pour la rattraper. Cependant, Françoise éclata de rire.

— Voulez-vous dire que je suis une bavarde ? Vous avez bien raison, mais j'aime qu'on me réponde, voyez-vous. Si Imma

---

[1] Aujourd'hui, avenue Félix Viallet.

est muette, il faudrait qu'elle me le dise, une bonne fois pour toutes, parce que c'est agaçant, à la fin.

— Comment voulez-vous, en étant muette ?

Françoise se reprit à rire, car elle n'était pas susceptible.

— Comme vous êtes drôle, Monsieur Quiquenet ! Et comme c'est bon, de rire ! Cela m'arrive si rarement. Alors, c'est dit ? Vous me rendrez visite, avec vos petits tableaux ? J'y compte bien, n'est-ce pas ?

Noël promit et salua très civilement en contemplant une dernière fois la demoiselle au teint sombre. Puis il s'empressa de rentrer chez lui, pour découvrir une Dix-sous fort excitée, car il avait reçu un courrier postal, pour la réception duquel elle s'était permis de mentir en affirmant qu'elle était madame Guiguenet. Elle l'avait ensuite posé sur la table comme une précieuse relique et elle trépignait d'impatience et de crainte en le contemplant. Le destinataire s'assit sur sa chaise, l'allure professorale, pour décacheter le pli en brisant le sceau de cire, avant de parcourir la lettre qui provenait de sa sœur Adèle. Pendant ce temps, Dix-sous s'était penchée sur son épaule, émerveillée de ce miracle qui rendait possible une discussion sans parler vraiment, et en tentant vainement de déchiffrer les lignes soigneusement tracées sur le papier. Elle avait déjà vu cent fois Adèle lui lire des histoires imprimées dans des livres, souvent avec des illustrations, mais c'était une véritable découverte, à ses yeux, qu'on pût ainsi écrire et se faire lire à des lieues de distance, sans avoir besoin de crier ou de se déplacer en personne.

Alors, Noël commença à lire lentement et à voix haute la lettre d'Adèle. Elle y donnait des nouvelles de tout le monde de Rivay et, surtout, laissait entendre qu'on avait fait de bonnes affaires à la foire de Beaucroissant, que l'agnelage se terminait avec profit, mais que le blé tendre n'avait pas résisté aux rigueurs de l'hiver. Dix-sous écoutait avec attention, en posant autant de questions qu'il se trouvait d'animaux à la ferme, questions auxquelles on ne pouvait répondre que par : « Elle ne le dit pas ». Noël croyait sentir sa cervelle se mettant en marche, qui pensait trouver dans cet écrit magique les réponses à toutes les questions possibles : l'état de santé de chaque animal, et en particulier de Pilon et Chaley, des diverses poules, des porcelets qui avaient dû naître et du prix qu'on avait obtenu des vaches pleines, ce qui ne se disait pas. Elle pensait d'abord que son compagnon ne voulait pas lui répondre, et qu'on pouvait trouver dans cette lettre tous les détails de la vie aux Peupliers, mais elle avait l'esprit vif, et finit bientôt par admettre qu'on ne pouvait lire que ce qui était écrit, car il n'y avait aucune magie dans tout cela. Elle réclama une deuxième lecture, puis une troisième, et imagina ensuite la liste des questions qu'on devrait poser pour la réponse, si Noël en donnait une.

La suite de ce courrier l'intéressait moins. Adèle donnait des nouvelles de l'oncle Bertrand, qu'elle ne connaissait pas. Après avoir installé Miette et Antoine dans leurs terres provençales et les avoir initiés aux *olivades*[1], il était retourné à Paris, dans son appartement du faubourg Saint-Honoré, afin de régler quelques affaires d'importance, et surtout de représenter sa province aux États Généraux du royaume. En effet, à l'imitation du Dauphiné qui avait servi d'exemple glorieux, les représentants des trois ordres de la nation avaient exigé du Roy l'ouverture de ces États Généraux sans délai. Le malheureux Louis XVI, qui venait de perdre son fils le dauphin, avait bien tenté de différer l'échéance de ces débats en pleurant : « N'y a-t-il donc pas de pères, parmi vous ? » ; rien n'y avait fait. Chaque province avait désigné ou élu ses représentants, sur une base semblable à celle des États Généraux du Dauphiné : autant de voix pour le tiers

[1] Les *olivades* : la récolte des olives.

État que pour le clergé et la noblesse réunis, et un vote par tête. Inutile de dire que les gazettes suivaient ces événements de très près. À Grenoble, Barnave et Mounier s'étaient vus désignés comme représentants du peuple, avec d'autres personnalités que Noël ne connaissait pas. Il songeait que peut-être l'oncle Bertrand et Barnave se rencontreraient à Versailles et parleraient de lui, qui était une connaissance commune. Cela aurait tenu du miracle, mais qui peut retenir le galop de son imagination ?

Dix-sous poursuivait sa contemplation de la lettre, comme si elle cachait un secret et devait nécessairement se mettre à parler. Tout ému, Noël la prit sur ses genoux pour lui proposer de lui apprendre à lire.

— Saurais-tu faire ça ? questionna-t-elle en riant.

— Moi, pas forcément. Mais ma sœur Adèle surement. C'est elle qui m'a appris, autrefois.

— Mais à qui écrirais-je ?

— À Grostambour, peut-être, ou bien à Gontran.

— Ils ne savent pas lire.

— Alors, tu écriras pour ton plaisir, ou pour ta mémoire. Est-ce que je sais, moi ?

Dix-sous avait pris son petit air malin qui lui seyait si bien, lorsqu'elle devinait les choses, et qui faisait régulièrement fondre son compagnon de tendresse.

— Tu veux dire que tu m'emmèneras de nouveau à Rivay ?

— Mais bien évidemment ! Toute ma famille t'a acceptée, et chez nous, lorsqu'on a offert son amitié, il s'agit d'une décision sans retour ; et puis, je ne tiens pas à ce que les bœufs et les poules me regardent méchamment si je rentrais seul. Tout le monde doit t'attendre, aux Peupliers.

La nuit était tombée, mais la joie de Dix-sous la transfigurait au point qu'on eût pu lire comme en plein jour. Noël compris alors que ce n'était pas le plaisir d'avoir découvert la lecture qui l'illuminait ainsi. C'était l'idée inespérée d'être attendue dans une famille.

— Tu vas le leur écrire, alors ?

— Dès demain, j'en fais serment.

— Non ! Pas demain ! Tout de suite ! Tout de suite !

— Alors, prononça-t-il sur un ton solennel, éclaire donc une chandelle.

FIN du tome 3

Achevé d'imprimer en novembre 2023
sur les presses de la Source d'Or
58500 Clamecy

N° d'impression : 310586

Imprimé en France